황혼의 여정

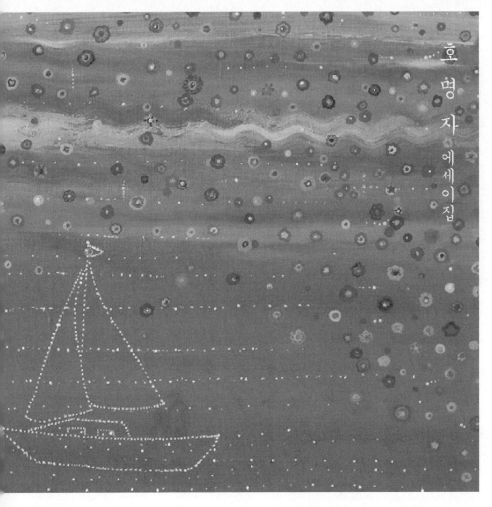

호명자 에세이집

문학의 갱구에는 퍼내고 또 퍼내어도 바닥을
드러내지 않는 매장량이 무궁무진하다는
것을 발견하고 희열을 느꼈습니다. 배움과
창작에는 정년이 없기에 내 열정이 소진하는
그날까지 잡은 펜에 더욱 힘을 다하겠습니다.

황혼의 여정

대양미디어

어린 소녀 때부터 꿈을 꾸었습니다.
저 하늘 멀리 오색 창연한 무지개 터널 뒤쪽엔 무엇이 있을까?
그 곳에 가보고 싶은 소망이 쌓여
그 그리움은 나의 꿈이었습니다.
긴 세월 갈망하던 내 문학 인생의 꿈은
내 삶의 동반자가 되어 주었습니다.
힘과 용기와 사랑이 되어 주었습니다.
이제는 무지개 터널 뒤쪽에 무엇이 있는지?
깨달을 수 있는 80성상의 삶을 살아왔습니다.
나의 수필은 언제나 이정표 없는 그리움을 향하여 함께 하였습니다.

아직도 못다 한 그리움에 대한 욕망을 안고 나의 열정을 다하여
써온 제3수필집을 상재합니다. 미흡한 저의 글을 세상에 내놓으려
하니 한편으로는 부끄럽기도 하고 조심스럽기도 합니다.
수필을 쓰기 시작하면서 수필 같은 심오한 삶과 시간을 보내며
사랑하려고 하였습니다. 수필의 갱구에는 퍼내고 또 퍼내어도 바닥
을 드러내지 않는 매장량이 무궁무진하다는 것을 발견하고 희열을
느꼈습니다.

여행을 좋아하다 보니 가는 곳마다 그곳의 풍광과 느낌을 글로 써서 적다보니 어느덧 외국 기행 수필의 양이 많아졌습니다.

각 나라마다의 특징, 민족성, 기타 고유의 전통과 역사를 적어간다는 것은 나에게는 오묘하고 즐거운 희열이었습니다.

하지만 오래 전에 메모해 두었던 그 나라의 깊은 인상이 이제는 현실에 맞지 않는 정서와 지나간 추억거리일지도 모르지만 독자 여러분의 넓은 이해 부탁드립니다.

엄동설한의 동토를 뚫고 나오는 새싹이 온갖 풍파에도 꿋꿋이 자랄 수 있듯이 나의 수필도 엄동설한의 갱도를 뚫고 나온 인동초 같은 영광의 산실이라고 자부하고 싶습니다.

배움과 창작에는 정년이 없기에 내 열정이 소진하는 그날까지 잡은 펜에 더욱 힘을 다하겠습니다.

그동안 말없이 응원해주었던 사랑하는 나의 가족들과 가장 매서운 나의 글의 비평가인 남편, 주위에 계신 보석보다 더 귀한 나의 문우들, 친우들에게 진심으로 감사하고 따뜻한 마음 전하고 싶습니다.

2016년 10월

My personal celebration

I had a dream from my youth days.

What lies ahead after that colorful yet somber rainbow in the sky?

That dream turned into a yearning to grasp what I had not achieved in my youth.

It was a yearning for literature, and this passion to write has fulfilled my life as a lifelong companion.

My love for literature has given me strength and courage.

I now finally know what lies beyond that tunnel as I reach my 80 years, as my essays will last with me as a never ending longing.

I am deeply honored and humbled to say that all my passion and craving has been put into my third publication of essays. Although somewhat shy and careful to publish my works, I now realize that the true meaning of life comes from my love of writing. As I delve deeper and deeper into this mass of literature, I feel greater joy.

Many of my essays depict the remarkable characteristics of different nations, their ethnicity, and historical traditions of places that

I have travelled in the past. However, these recollections are based on my sentiments that I felt at that particular time and may not depict the present times.

As new buds blossom after a severe winter, my essays have come to life after somewhat painful yet worthwhile moments. There is absolutely no end to creativity and learning. I plan to write until the end of my passion.

I would like to thank my loving family who are always supportive, and especially to my husband who is my best critique. My deepest and warmest thanks goes to my literary peers and colleagues.

Myung Ja Ho

그런 글을 쓰고 싶습니다

이 세상 살아 있는 동안에
문학인임을 부끄럽지 않게
혼으로 쓰는
그런 글을 쓰고 싶습니다.

글속에 실린 절실한 언어
독자의 가슴에 빛살처럼 꽂혀
감동을 줄 수 있는
그런 글을 쓰고 싶습니다.

내 마음을 낮추어 가며
이슬비처럼 조용히
이웃의 마음을 사로잡는
그런 글을 쓰고 싶습니다.

하얀 밤을 밝히다 문득
한 줄의 영감이 떠오를 때면
감사와 기쁨이 넘치는
행복에 젖어봅니다.

As a bequeath this book

As time passes away
I desire to write with all my spirit
To be a dignified writer

I desire to write compelling prose
To be able to touch the hearts
of readers like a flash of light

I aspire to write captivating prose
To grasp the hearts of readers
To humble myself
Like the silent drizzling rain

As I stay awake all night and
suddenly am inspired with a phrase
What more can make me thankful
and enthralled in this world

차 례

Part 1   **황혼의 등불**
Twilight years of my life

Chapter 1   **기다림 그리고 머무른 그리움**
Waiting for that lasting yearning

Part 2　황혼의 여로(호명자 기행수필)

Memorable journeys of my twilight years

Chapter 5 **세상은 아름다웠다**

Our beautiful world

Part 1

황혼의 등불

Twilight years of my life

그리움은 추억이며 꿈이다!

Chapter 1

기다림
그리고 머무른 그리움

Waiting for that lasting yearning

My Mother's Hand

Myung Ja Ho

My mother's hand is a magic hand

Sparse and skinny

With the traces of age

The most wonderful taste comes from these two magic hands

My mother's hand is a symbol of victory

Living a hard life full of tears and scratches

Every knuckle shows deep wrinkles

She endured a weary journey to victory

My mother's hand is a hand of prayer

At the start of every early morning

She prays with an earnest desire

Clasping her hands in holy prayer

'여의도 윤중로'를 걸으며

만개한 벚꽃의 훈풍이 우장산 바람타고 향기롭게 날아오는 봄날 아침, 오랜만에 문우 선배에게서 전화가 왔다. 새로 출간된 나의 수필집 『내 마음의 소나타』가 국회 도서관에 전시되어 있는 것을 보았다며 자기에게도 책 한권을 보내달라고 부탁한다.

선배에게 책을 보내 드리지 않은 미안함과 동시에 내 책이 국회 도서관에 입성하였다는 반가움에 잠시나마 약간의 흥분이 내 마음속에서 울렁이었다.

'혜존' 이라고 정성스럽게 저자의 사인을 쓴 책을 들고 우체국으로 향하는 마음은 뿌연 황사가 낀 봄 날씨지만 무척이나 상쾌하였다. 우체국에서 나와 곧 바로 국회 도서관으로 향하는 버스를 기다리는 동안에도 마음은 꿈만 같기만 하였다.

'드디어 내 책이 국회도서관에 입성하였다니……

국회도서관에 들어가는 절차는 까다로웠다. 신분증을 제시한 후, 모든 인적 사항을 입력하여 출입증을 받고 들어가 2층 신간서적 열람실에서 내 책을 발견하니 무어라 표현할 수 없을 정도로 반가웠다. 오랫동안 떨어졌다 만난 자식을 만난 듯. 기념으로 사진 몇 컷을 찍고 빈자리를 찾아 책을 다시 읽어보기 시작하였다.

주위에서 조용히 책 읽는 모든 분들에게 이것은 내 책이라고 자랑하고 싶은 심정이다. 수많은 고뇌와 열정으로 쓴 자랑스러운 내 책이라고…… 심혈을 기울이며 책이 출간되기까지 힘들었던 순간들이 파노라마처럼 스쳐 지나간다.

도서관을 나와 벚꽃 만개한 여의도 윤중로를 걷기 시작하였다.

봄바람이 약간 세게 불어 꽃비가 하염없이 내린다. 이른 봄 계절을 타고 빨리 왔다 빨리 춤을 추며 사라져 가는 꽃비는 무심하게 바람을 타고 떠나면서도 세상을 화사하게 축복해 주는 봄꽃들의 세상. 그 황홀함에서 아름답게 세상을 누린 자만의 경이로움을 배운다.

윤중로의 벚꽃은 봄의 전령(傳令)이 되어 꽃구경 나온 이들에게 듬뿍 봄을 안겨주고 하얀 물결로 웃음꽃 피워준다.

봄이 되면 제일 먼저 피었다 제일 늦게 진다는 벚꽃 금년은 이상 기후라는 야속한 기후 탓에 짧게 피었다 빨리 사라져간다.

인파속을 걸어가면서 상상의 나래를 펴간다. 짧지 않은 지나온 나의 세월 속에서 과연 꽃비 같은 인생을 살아왔나?

한걸음 또 한걸음 걸으면서 지나온 과거를 반추하여 본다. 딱히 내세울 것도 없는 지나온 나의 삶의 언저리.

싫을 것도 반길 것도 없지만 내 능력이 닿을 만할 때 내가 좋아하고 하고 싶은 대상이 있음을 고맙게 생각한다.

조용히 침묵할 줄 알고 기다릴 줄 알아야 하며 가야 할 때와 머무를 때를 알아야 하는 의미 있고 가치 있는 노년을 보내야겠다.

행복한 인생이란 대부분 조용한 삶이다.

진정한 기쁨은 조용한 분위기에서만 지낼 수 있기 때문이다.

A happy life must be a great extent a quiet life.

for it is only in on atmosphere of quiet that true joy can live.

－버나드 럿셀

오늘도 여의도에서의 하루는 행복한 하루로 시작되어 감사함으로 끝나는 하루였다. 마음의 풍요가 곧 나에게는 신앙이다.

누군가는 나에게 이렇게 물을 때가 있다. '신은 존재하는가?' 믿느냐고.

'신이란 있다고 믿는 사람에게는 존재하고' 신을 믿지 않고 부정하는 사람에게는 존재하지 않을 거고. 하지만 신의 감사함을 믿고 사는 나에게는 '신은 반드시 존재한다. 이렇게 수없이 반복되는 믿음으로 감사한 오늘을 맞이하고 있다. 아프고 슬픈 기쁘고 행복한 일들의 연속적인 순간들은 나를 참다움으로 성숙시키는 큰 교훈이라고 생각한다. 아직도 먼 내 사람다움처럼……

아직도 먼 내 문학인생처럼……

머지않아 8호선을 타야할 나의 인생길. 노년이라는 불청객이 때로는 옥죄이고 불안하게 할 때도 있지만 오늘도 나는 행복하게 윤중로의 벚꽃 길을 걸으며 뭉게구름 같은 소망을 하늘에 담아본다.

2014. 4. 15.

老年의 知慧

  흔히들 노년의 나이는 숫자일 뿐이라고 말들 한다.

  아마도 속절없이 흘러가는 세월의 반항일 뿐. 더 늙기를 거부하는 맹렬한 몸부림이라고 솔직히 고백한다. 노화란, 육체는 쇠락해도 정신은 성장해 가는 것 같으며 나이가 드는 것에 대해 나 자신 항상 거부하며 살아왔다. 만일에 나 자신 늙어간다는 회의에 빠진다면 아마도 예전의 '심리적 죽음' 에 빠졌을지도 모른다.

  하지만 어느 날 불현듯 나도 인생의 후반기의 언덕을 넘어 허덕거리며 내려가고 있다는 느낌에 초조해지기 시작하였다. 이제는 조용히 지나온 세월을 반추하면서 후회와 반성과 욕심을 버리고 나의 길을 가려고 한다.

  노년의 시기는 반드시 우리에게 서글픔만 가져다주지는 않는다. 노년의 성취감과 자부심을 가지고 살아가야 한다. 진정한 완숙미를 볼 수 있는 세대가 황혼기의 장엄한 낙조라고 생각한다.

  온갖 나무들이 푸르름을 뽐내는 우리 아파트 뒷동산 우장산으로 향하였다. 생명의 순환을 잉태하며 키워가는 산속의 하늘은 참으로 맑고 드높다. 산 정상에 올라 한적한 자리에 터를 잡고 가지고 간 생수로 목을 축이며 저 멀리 지는 노을을 바라보며 지나온 상념에 잠겨 본다.

황홀하리만큼 아름다운 신록과 산의 훈풍에 마음껏 취해보기도 한다.

고달프기도 했던 내 인생의 길고 긴 역을 빠져나와 이제는 흘러가는 잔잔한 강물과도 같은 고요한 삶에 희열과 만족을 느낀다. 온갖 열정을 바쳐 문학과 짝사랑하며 살아 왔고 글을 쓸 수 있는 달란트를 준 신께 감사한다.

이 세상과 연을 맺어 나에게 엄마라는 호칭을 준 나의 자식들이 옆에 있는 것도 행복하다. 감사란…… 모든 불평과 불만을 녹여주는 원동력이며 그 안에 긍정적인 힘을 준다.

작년 가을 우리 친구 모임에서 가을 여행을 떠났을 때 옆에 동승한 다른 일행들이 우리들의 나이를 물으며 믿지 않으려한다. 참 곱게 늙으셨군요.

'저희들도 어머님들 연세가 되면 어머님들처럼 아름답게 늙고 싶어요.'

이 말 한 마디에 힘이 생기며 엔돌핀이 솟아났었다.

얼마나 아름다운 황혼의 시기인가? 지나온 힘들었던 인생사 다 이루어 놓고 무거운 짐 내려놓은 후, 다소곳이 안주하며 사는 생활, 삶의 계단을 가장 많이 올라왔기에 가장 멀리 볼 수 있는 노년은 인생의 위대한 훈장이다.

떠오르는 태양보다 지는 노을이 더 아름답다는 자연의 섭리가 가슴 깊이 와 닿는다.

그러나 얼마나 용기 있게 극복하느냐가 우리 노년의 지혜다.

창 밖에는 낙엽 지는 소리가 우수수 들린다.

우장산 산비탈 사이로 싸늘한 바람이 불어온다.

커피 한잔 들고 베란다 창가에 앉아 하염없는 상념에 잠겨 본다.

갑자기 삶이 허무해지고 가슴이 텅 빈 것 같이 외로워지고 눈물이 자꾸 쏟아질 것 같다. 누군가를 만나고 싶은데 딱히 만날 사람이 없다. 그리운 친구 만나 끝도 시작도 없는 수다를 한없이 떨고 싶은데 함께 할 사람이 생각나지 않는다.

수첩에 적힌 전화번호와 이름을 읽어 내려가 보아도 모두가 아니었다.

아…… 어차피 인생은 외로운 것.

혼자서 바람을 가로 맞으며 가슴을 삭히며 홀로 가는 세상.

삶이란. 때로 이렇게 외롭구나.

하지만 사람을 사귀는 일도 쉽지만은 않고 좋은 친구 만나는 것도 쉽지는 않다. 어느 날 문우가 보내온 글이 생각난다.

　　누구를 만나든

　　헤어질 수 있을 만큼만 알며 살아갑시다.

　　아픔 슬픔, 긴 꿈같은 이야기들

　　모두 모두 주고

　　어느 날

　　갑작스럽게 헤어짐에

허망해 하지 말고

섭섭해 하지 말고

그냥 헤어질 수 있을 만큼만 사랑합시다.

먼 훗날

그대 떠올리며

아련한 미소 지을 수 있을 만큼만 알길 잘했다고

상처 주지 않을 만큼만 사랑하길 잘했다고

그래서 난 이제 어디에서건 당신을 만나도

그 깊은 마음 읽어도

잊어버린 척 소녀같이 미소만 짓습니다.

설령 그것이 거짓이라도 저녁노을처럼 아름답지 않습니까?

이제 누구를 만나던

헤어질 수 있을 만큼만 사랑하며 살아갈 겁니다.

늙어가는 것도 현명하고 슬기롭게 남에게 폐 안 끼치고 생을 마감해야 한다면 얼마나 좋을까마는 마음대로 안 되는 것이 우리 인간사다.

그동안 나와 함께 인연을 맺었고 스쳐 지나갔던 많은 사람들에게 혹시나 마음 아프게 한 행동을 보이지 않았는지?

누구를 미워하며 원망하며 살아오지나 않았는지?

나에게 손가락질 하며 돌을 던지는 사람은 없었는지? 조용히 가슴에 손을 얹고 기도하는 마음으로 상념에 잠겨본다.

어느 철학자가 말하였지. '사람이 죽은 후 진정으로 슬퍼하고 울어주는 친구가 단 한 사람이라도 있다면 그 사람은 참으로 성공한 삶을 산 사람이라고' 그 뜻은 진심으로 선을 베풀어 보라는 뜻일 것이다. 지난날이 채우면서 만족하고 살아왔던 시간들이었다면 이제는 정리하고 비우면서 여백만큼의 정신적인 윤택함을 간직한 노년의 삶이 되려고 노력하련다. 맑고 높고 푸른 가을 하늘처럼 청조하고 아름다운 노년의 지혜를 간직하고 즐겁고 행복하게 살아가기를 바라고 싶다.

당신들의 얼굴에 깊이 패어진 주름살은 그동안 열심히 살아온 인생승리의 표본이라고 자신감을 가지고 당당히 살아가기를 세상의 모든 나이 드신 분들께 외치고 싶다.

2014년 어느 무더운 여름날에…

노력만이 살 길이다

한동안 소식이 뜸했던 문우에게서 새 수필집을 발간하여 보내왔
다. 워낙 달필이고 열심히 창작활동을 하는 문우이기에 축하의 마음
과 함께 서둘러 겉봉을 뜯고 책 페이지를 넘겨보기 시작하였다.

그동안 얼마나 글이 발전되고 향상되었는지 궁금한 마음에 읽어
보니 과연 내가 부러워할 만큼 글과 문장력이 뛰어난 완벽한 수필집
이다.

행간마다 고뇌하며 쓴 흔적이 엿보인다. 온 몸으로 심혈을 기울여
사색한 그녀의 수필은 영혼으로 쓴 수필이다.

박력 있고 세련되며 또한 섬세하고 서정적인 그의 글을 읽다보면
나 자신 그녀의 작품에 몰입하여 무아의 경지에 빠져든다. 이미 우리
나라 수필계의 중견작가로서의 반열에 올라와 있지만 그의 세련된
글 솜씨가 한없이 부러워진다. 그녀는 자타가 인정하는 작품 활동을
열심히 하며 자기의 삶 전부를 수필문학이라는 장르에 바친 친구다.

문우에 비하면 나 자신은 분명히 후퇴한 삶을 살고 있었다. 노력
도 하지 않고 허황된 꿈속에서 문학이라는 바벨탑을 쌓고 헐면서 바

람만 넣고 살았던 자칭 문학인이다. 대가도 지불하지 않고 문학이라는 세계에 그냥 무임승차 하려는 염치는 솔직히 부끄러운 고백이다.

글을 쓴다는 것은 뼈를 깎아 내는 아픔과 노력 없이는 좋은 작품이 나올 수 없다는 진리를 잘 알고 있다. 다독, 다작, 다상 이것은 글 쓰는 이들의 기본 학습이며 그 다음에 마음과 영혼으로 심혈을 기울여 써야만 글다운 글이 나온다. 작가라는 자부심으로 항상 독자를 염두에 두고 독자들에게 잔잔한 감동을 줄 수 있는 글을 진심으로 써야 한다.

죽는 날까지 내가 짊어지고 나와 함께 가야 할 문학은 십자가이면서도 동시에 크나큰 축복이기도 하다.

나의 작품도 이제 변해야 한다. 오래전 멋모르고 동경하던 '헤르만 헷세'의 서정적인 문학에 심취하던 시절은 이미 지나갔다.

연륜과 시대 성향에 맞는 품위 있고 중후한 작품을 탄생시키는 것이 문학인의 사명이다.

이제는 분명히 변하여 수련하는 마음으로 가슴으로 쓰면서 내 글을 읽는 독자들로 하여금 공감할 수 읽는 글을 쓰도록 노력해야만 한다.

풀잎 같은 감성으로 때로는 대리석 같은 차가운 지성으로 내 모든 것을 수필 속에 용해하며 그리고 활화산처럼 쏟아내야 한다.

부단한 노력만이 좋은 글이 나오는 에너지의 원천이고 산실이다.

글속에 실린 풍부하고 절실한 언어, 독자의 가슴에 빗살처럼 들어가 감동을 줄 수 있는 그런 글이 나올 날이 언제쯤일지?

　지난번 제네바의 '2014' '다보스' 포럼에서 우리나라 박근혜 대통령의 기조연설을 들으며 찬탄의 박수를 힘껏 보냈다. 1년 전, 취임 초, 미국의회에서의 연설과 비교하면 분명 향상된 그분의 영어 실력은 부단한 노력의 결과일 것이다. 25분간의 영어 연설은 완벽하게 발음하나 틀리지 않고 세계 정상들 앞에서 당당하게 기조연설을 하였을 때 그 분이 우리나라 대통령이라는 것에 자랑스러웠고 또한 그 얼마나 열심히 노력하였는가에 한없는 감동을 받았다.
　'노력만이 살 길이다'
　잘 쓴 남의 글을 부러워하지 말고 나 자신 쓰고 또 쓰면서 심혈을 기울여 가슴으로 쓰면 나도 언젠가는 감동과 울림이 있는 글을 쓸 수 있지 않을까? 하는 나의 간절한 소망이다. 지금까지 써온 글보다 더 깊이 있고 품위 있는 글을 써보려는 기대감으로 내일을 맞이하련다.

2014. 9.

제34차 전국대표자 회의

　한국 문인협회 전국대표자대회는 말 그대로 전국 지역에서 각 단체를 대표하여 모여 학술 대회와 세미나 포럼을 하는 연중 큰 문학 행사이다. 이번 제34차 대회는 풍광 좋고 낭만이 흐르는 해변의 도시 강원도 삼척시에서 그 막을 올렸다.

　이 큰 대회에 강서 문협 지부 부회장 자격으로 참석할 수 있었던 행운의 기회가 왔다.

　전날까지도 늦가을을 재촉하는 가을비가 구슬피 오더니 다음날은 말끔히 개이고 하늘은 수묵화를 그린 듯하다. 우리를 태운 버스는 차창 밖으로 산과들 마을의 모습들을 파노라마처럼 스쳐지나간다. 찬란하도록 싱그럽던 여름의 숲은 어느새 바뀌고 이제 온 들판이 황금빛으로 빠르게 변하는 계절의 변화를 느껴본다.

　2번 버스를 탄 나는 각자 자기소개를 하는 순서에서 강서문인협회에 대하여 소개한 후 회장님은 오늘 강서구의 큰 행사인 '허준' 축제 때문에 못 오셨다고 하면서 강서구의 연중 가장 큰 행사인 '허준축제' 는 우리 강서문인협회가 주관하는 큰 역할을 한다는 PR도 동시에 하였다. '허준 선생은 너무나 널리 알려진 유명한 성현 '의성 구암'

선생님이시다.

백성을 하늘같이 받드시며 풍토병에 역병에 걸린 백성들의 가슴을 내 몸같이 쓰다듬어 주시며 온열과 성의를 다하여 치료해 주셨던 성인 동의보감의 원작자 허준 선생님이 우리 강서의 구암 마을에서 태어나셨다.

오전 12시경 현지에 도착한 후, 점심식사를 마치고 삼척시가 자랑하는 관광명소 '죽서루' 와 '이사부' 공원을 관광하였다. 죽서루는 오래된 역사나 웅장함뿐만 아니라 주위의 빼어난 경관으로 인하여 일찍부터 관동팔경 중 제1경으로 뽑혀 사시사철 시인 묵객들의 발길이 끊이지 않던 곳이다. 관광을 마치고 회의 시작할 때까지 고즈넉한 삼척시 거리를 거니노라니 어렸을 적 시골동네 거리를 거닐던 옛 시절 회상에 잠겨든 순간이었다.

이윽고 오후 4시부터 '전국 대표자 대회 개막식이 시작되면서 한국문인협회 정종명 이사장님의
개회 선언과 한국 문협 삼척지부장님의 '개회사' 삼척시장님의 환영사에 이어 정은율 시낭송가의 축시, 동해여고 김창열 음악선생님의 감미롭고 우아한 목소리의 축하 음악으로 1부 순서를 마쳤다.

이번 행사의 하이라이트인 금년도 '우수지부' 수상과 모범운영사례(전남 장성지부, 충북 청주 지부) 발표를 감동 있게 경청하였다.

장성 문협의 연중 활동내용

1. 젊은 문학도들과 함께 하는 문학기행(회원들과 문학적 소양과 창작의욕을

북돋기 위한 문학기행)

2. 창작력을 높이기 위한 문학 세미나.

3. 군민과 학생들이 함께 즐기는 장성 문화 축제(문학에 관심 있는 후진 양
성을 위해 장성군내에 있는 학교를 방문하여 문학 강의와 시, 수필 등 다양한 장르의 문학 지도
를 한다.)

4. 전남 문학 단체들과의 유기적 협력을 하면서 동시에 지역주민
들에게 문학을 알리며 문협 심포지엄과 여러 가지 프로그램 기
획을 추진하며 작은 고을 장성을 전남 문학 창달에 기여하고
있다.

청주지부 사례발표

청주는 유서 깊은 교육문화의 도시인만큼 57년간의 문협 창립 역
사와 전통을 이어온 뿌리 깊은 문학단체이다. 현재 회원은 115명이
고 해마다 문학의 밤 행사는 지역 주민과 함께 하는 낭송의 밤, 작품
전, 백일장, 청소년 효 문학 시낭송회 등 가능한 시민들의 참여율을
높이고 협력할 수 있도록 발전시키고 있다.

대표적인 활동 사례를 요약하면

1. 시민과 함께 하는 문학의 밤
2. 문학인 초청 강연 및 토론회
3. 청소년 '효' 한마음 낭송대회
4. 협회지 '충북문학' 발행
5. 카페운영

앞으로도 청주시에 문학관, 문학 공원을 조성할 원대한 사업 추진을 하고 있으며 항상 지역 주민을 우선순위로 하고 있는 청주 문협의 무궁한 발전 있기를 바란다.

두 지부의 성공사례를 들으며 많은 감명을 받았으며 우리 지부에서도 본받을만한 유익된 경청의 기회였다. 나 역시 지부의 한 임원으로서 앞으로는 지역문학 발전에 더 열심히 일할 것을 마음깊이 다짐하였다.

귀경길에 고전문학의 향기 그윽한 강릉에 잠시 들렀다.
가을의 바닷바람과 풍광에 마음껏 취해보며 허균, 허난설헌 기념 공원에 들러 관람한 것 또한 잊지 못할 추억이었다. 문향의 고장 강릉이 낳은 오누이 문인이 태어난 집과 고장, 박물관에서 그분들이 쓰신 심오한 시를 음미 한 후, 귀경길의 차장 밖은 온 산하가 물감을 풀어놓은 듯한 단풍잎들이 손을 흔들며 반겨주는 듯하다.

국제 펜클럽 대회 참관기

9월의 경주는 참으로 아름다웠다.

국제 펜클럽 제78차 세계대회가 2012년 9월 9일부터 15일까지 천년고도 경주에서 열렸다.

이번 세계 대회는 한국 문인들의 자존심을 한층 높이게 하여 주는 문학올림픽인 동시에 세계인의 작가 별들이 모이는 문학 축제이다. 약 200여명의 서울지역에 거주하는 문인들이 KTX를 타고 경주역에 도착하였을 때는 오랜 가뭄에 단비를 내려주듯 유서 깊은 경주의 그윽한 운치가 초가을의 도심을 적시며 우리를 맞이해 주었다.

약 70여명의 자원봉사자들과 10여대의 버스가 우리를 질서정연하게 맞이하고 있는 것을 보면서 대회조직위원회가 얼마나 짜임새 있게 준비하였는가를 느끼며 그분들의 노고에 감사하였다. 대회본부 장소인 현대호텔까지 가는 길거리에는 환영 PEN대회 깃발이 휘날리며 경주 시내는 온통 축제 분위기를 이루었다.

현대호텔에 도착하니 이곳 역시 환영 플랜카드가 펄럭이며 국제회의장에 온 것을 실감케 하여 주었다. 우리는 질서정연하게 줄을 서서 수속(Registration)을 밟고 자기의 명찰을 달고 회의장으로 입장하였다.

이미 회의장에는 수많은 외국작가들이 전날에 도착하여 입장해 있었다. 약 114개국에서 300여명의 외국작가들이 참석하였으며 노벨문학상 작가 2명이 동시에 우리나라에 참석하기는 처음이라고 한다. '나이지리아의 월레 소잉카', '프랑스'의 '르끌레지오' 2006년 수상자인 터키의 '오르한 파므크'가 참석할 예정이었지만 모친 병세가 위중해 참석하지 못하여 아쉬움을 남겼다.

국내에서도 '이어령' 이화여대 명예교수, 이문열 소설가, 김남조 시인 등 한국 원로문인들이 참석하였다.

이들의 프로필을 간단히 소개한다.

- **월레 소잉카**(나이지리아 · 1986년 노벨문학상 수상작가)

그는 노벨문학상을 받은 아프리카 최초의 흑인이다. 한마디로 민족 시인이며 부패 권력에 대항했던 저항적 지식인이다. 소잉카는 1934년 나이지리아 '아베오쿠타에서 출생하였다. 그의 문학 활동에는 투옥과 망명이라는 고통스러운 여정이 함께 뒤섞여 있는 아프리카 민주화 운동의 산증인이다. 현재는 나이지리아 '오바페어 아월고 대학의 명예 교수로 있으며 한국에도 몇 번 방한하였고, 2005년 세계평화 시인대회에 참석하여 기조 강연도 하였다. 소잉카의 기조강연 주제는 '마법의 등불'(magic Lantern)이었다.

월레 소잉카(Wole Soyinka)는 많은 이름을 가지고 있다. 아프리카의 정신 혹은 저항적 지식인이라고도 하지만 한국의 독자들은 그가 여러 번 한국을 방문하여 주목할 만한 논점을 제시하였던 사실을 기억한다.

그의 삶의 중심에는 그의 폭넓은 연극 활동이 자리 잡고 있다. 그는 대학 졸업 후 런던의 로얄코트 극장에서 대본을 읽어주는 일을 시작하면서 자신의 사회 문화적 활동의 가장 확실한 무기로서 연극에 주력하게 된다. 그는 인간이 삶에 대한 의지를 다양한 각도에서 시험하면서 문학이 그 역할을 수행할 수 있다고 믿고 있다.

- **르 끌레지오**(프랑스 · 2008 노벨문학상 수상자)

커뮤니케이션은 자연스러워야 한다(Communication is Nature). 그의 주제 강연이다.

1940년 4월 13일 프랑스 니스 출생으로 영국인 아버지와 프랑스인 어머니 사이에서 출생하였다. 비교적 부유한 환경에서 자라난 그는 1960년대 20대를 맞은 유럽 젊은 세대의 고유한 문화적 이념과 전쟁 후유증으로 고민하던 시기에 청년의 패기와 열정이 기성세대에 대항하는 비판적이고 낭만주의적인 글을 많이 썼다.

작가는 종이책이 존재하지 않았던 고대, '구텐베르크' 은하계로 표현되는 책의 시대, 그리고 이제 종이책이 점점 줄어들고 전자책이 득세하는 최근의 흐름을 꼼꼼하게 짚었다. 하지만 책의 미래에 대해 비판적일 필요는 없다고 강조했다.

이어서 우리나라의 원로 문학평론가 '이어령' 교수님의 기조강연도 인상 깊었다.

"가장 오래된 미래의 길"이라는 제목으로 '인간의 정신에 고착된 대립의 구조'에 대하여 구체적으로 제시하였으며, 화랑에 대하여 자연과 인간, 문과 무, 정신과 육체 그리고 개인과 공동체의 상반되는 모든 경계선을 허무는 이상적인 젊은 리더들에 대하여 설명하였다.

국제 PEN클럽이란 영어 약자를 요약한 P는 Poet와 Play Writter. E 는 Editor와 Easiest. N은 Novelist를 의미하는 약자로 전 세계 시인, 소설가, 수필가, 희곡작가, 편집자가 모인 문학단체인데 노벨문학가 대부분이 Pen 회원이다.

대회 시작을 알리는 요란한 팡파르가 울리며 차인태 아나운서의 사회로 대망의 세계 문학올림픽 Pen 대회가 시작되었다. 이번 대회 는 4개 국어(영어, 불어, 스페인어, 한국어)로 동시통역되며 참가자 누구에게나 불편 없이 완벽한 준비가 되어 있다.

오전 개회식에는 국제 펜 회장, 존 론스톤소을의 환영사와 한국본 부, 국제 펜 이길원 이사장, 문화체육관광부 최광식 장관, 김관용 경 북도지사, 최양식 경주시장의 축사가 있었다.

오후에는 노벨문학상 작가 2명의 기조 강연이 있었다. 말로만 듣 던 노벨문학상 수상자들의 강연을 바로 앞에서 듣다니 참으로 나 자 신 영광스러우며 감개가 무량하였다. 이번 대회의 주제는 '문학 미 디어' 그리고 인권이다.

세계에는 아직도 기본적인 인권을 누리지 못하는 수많은 문학인 들이 많다.

독재정권 안에서 투옥되고 고통 받는 작가들을 보호하기 위해서 "펜대는 총보다 강하다"는 슬로건을 내걸고 이들을 지구촌 민주화의 결정적 역할을 하며 구하려는 하나의 인권 총회라고 할 수 있다. 노벨문학상은 현실 참여에 나선 작가들에게 자주 돌아가곤 한다. 1958년, 소련작가 '파스테르 나크'가 쓴 '닥터 지바고' 또한 70년대 소련 작가 동맹에서 제명된 '솔제니친' 이들 역시 노벨상 수상자들이다.

첫날 저녁 경북 도지사가 베풀어 주신 환영만찬은 호화찬란한 북과 한국무용이 어우러져 찬란한 하모니를 이룬 예술의 극치를 감상하면서 접한 저녁 만찬이었다.

탈북 작가들과의 만남

문학 포럼에서는 "표현의 자유와 미디어"라는 제목으로 탈북 작가 도명학 씨와 북한 요덕 수용소 출신 김영순 씨의 "북한 문인들의 삶과 현실"을 애절하고 세세하게 발표하였다. 이번 대회에서는 우리나라에서 활동하는 20여명의 탈북 문인들의 '북한 작가 펜 센터'가입을 발의하고 지원하기로 제의하였는데 만장일치로 확정되었다. 이들은 직접 북한의 실상을 국제 펜클럽본부와 전 세계 투옥 작가 위원회에 당당히 보고할 수 있으니 참으로 뜻있는 기회이다. 문학 포럼이 끝난 후 조형미가 뛰어난 경주 예술의 전당에서 경주 시장이 주체하는 만찬이 열렸다. 야외에서 바라보는 초가을의 석양은 가히 환상적이었다.

저녁 식사 후 관람한 '뮤지컬' 요덕 스토리는 충격, 분노, 슬픔, 안타까움을 남긴 공연이었다. 21세기 한반도에서 그런 비참한 일이 벌어지고 있다는 것이 가슴 아프다.

6일 동안 각 분과 회의와 문학포럼을 일일이 기록하기 보다는 이번 회의를 통하여 나 자신의 느낌과 몇 가지 에피소드가 나의 소중한 참관의 추억이 될 것 같다.

이번 펜 대회는 대한민국의 발전하는 모습을 더 많이 알리기 위한 이길원 펜 이사장님의 의지대로 저개발 국가 문인들이 많이 초청되어 왔다.

우리나라가 국제사회에서 경제 강국으로 공인되어 위상이 높아져 있기 때문에 이에 맞추어 일을 진행해야 하는 한국본부의 고충이 많았으리라 짐작된다.

왜냐하면 저개발국가 많은 문인들이 경제가 열악하여 여행경비와 기타 모든 것에 대한 도움을 요청하였기에 한국 펜 본부와 일부 회원들이 자발적으로 그들을 도와주었다. 나는 떠나기 전 남대문 시장 민예품 점에서 한국적인 민예품들을 많이 준비하여 나의 명함과 함께 일일이 선물하였다. 나 자신 작은 외교관 행세를 하였다는 기쁨에 뿌듯하였으며 그들에게 더 친절히 안내하여 주었다.

나의 명함을 받은 외국(네팔, 파키스탄, 나이제리아, 기타 저개발국가 동구권) 문인들이 밤마다 나의 방으로 찾아와 자기네 나라의 어려운 사정을 호소하며 도움을 요청하는 웃지 못 할 에피소드도 있었다. 나라가 부강하면 문인들의 위상도 높아진다는 작은 자부심이 생기기도 하였지만 솔직히 말해 나 자신 혼자 힘으로는 감당하기 어려운 큰 숙제였다.

엘리베이터에서의 인연

어느 날 아침 일찍 식사하러 식당으로 내려가는 엘리베이터 안에서 뜻밖에 프랑스 노벨 문학자 '르 클레지오'를 만났다. 가볍게 Good Morning 아침 인사를 나눈 뒤 뷔페식당으로 가 자연스럽게 같은 자리에서 아침식사를 하게 되었다.

명함을 교환하며 많은 대화를 나누는 가운데 그가 한국을 너무 좋아하며 몇 번 한국에 왔으며 여러해 전 전남, 화순, 운주사를 찾은 이야기도 들려주었다.

한국의 가을이 너무 아름답다는 말과 이화여대에서 강의도 하였다고 한다.

며칠 후, 서울에 돌아와서 그에게 반갑고 즐거운 만남이었다는 E-mail을 보냈더니 어김없이 답이 왔으며 운주사에서 썼다는 그의 시 '가을 비' 라는 시도 영문으로 적어 보내 주었다. "만남은 순간이고 인연은 소중한 것이다" 라는 진리의 말을 다시금 음미케 하여준다.

대회 5일째 날에는 전 세계 시 낭송가들의 시 낭송 대회가 있었다. 나는 이 대회에 참석하기 위하여 오랜 기간 열심히 외우며 연습하였다. 영시낭송으로 '낙엽' 이라는 내 시를 영시로 번역하여 발음 한마디를 주의 깊게 공부하였다.

많은 외국 문인들 앞에서 처음에는 조금 떨렸지만 당당하고 감동 있게 낭송하고 내려오니 우레 같은 박수 소리가 크게 울려 주었다.

대회 마지막 날에는 외국인들을 위한 신라천년 경주를 관광시켜 주는 스케줄에 나도 함께 동승하여 그들에게 우리의 아름답고 자랑스러운 고적들을 설명도 하여주며 그들과 함께 뜻 깊은 관광(문무대왕릉, 감은사 석탑, 인각사 등)을 하였다. 천년 고도 경주는 우리나라 전통 문화의 보고로서 세계적인 역사문화의 도시이다. 고즈넉하고 아름다운 고도를 외국 문인들에게 보여줄 수 있는 좋은 기회였다.

천혜의 자연환경을 자랑할 역사 문화의 도시로서 문화와 역사가 살아 숨쉬는 민족 문화의 발상지이다.

저녁에는 이길원 이사장님이 베풀어 주시는 저녁만찬이 연세대 8중창단의 우아한 노래로 시작되었다. 조경화(소프라노), 조원용(베이스)의 신이 내린 듯한 고운 노래를 들으며 우아한 만찬과 함께 5박 6일 동안의 뜻 깊고 꿈같은 펜 대회는 다음번을 기약하며 서서히 막을 내렸다.

그동안 이 대회를 위하여 많은 정성을 쏟으신 집행부 임원들과 봉사자 여러분, 제일 많이 수고하신 이길원 이사님에게 지면을 통하여 깊은 감사의 마음 전하고 싶습니다.

2012. 9. 30.

그분이 한국에 오신다

불란서가 낳은 노벨문학상 수상자 '르 크레지오'

그분이 한국에 다시 오신다. 4년 전, 경주 국제 펜 대회에서 개인적으로 감동적인 만남을 가진 후, 몇 번의 E-Mail로 안부를 주고받으며 영광스럽게도 노벨문학상 수상자와 친분을 쌓았던 그 분이 한국에 오신다. 노벨문학상 수상자 가운데 가장 한국을 좋아하고 한국적인 정서와 한국의 고찰들을 유별나게 좋아하는 친한파 작가다. 한불수교 130주년 기념 강연을 교보빌딩 23층에서 한국 문화에 대하여 특별강연을 한다.

장마리 귀스타브 르 크레지오(73세)

이날 강연은 대산 재단과 프랑스 대사관이 후원하고 주최하며 교보인문학 프랑스 석학 특별 강연이다.

나는 그분과 주고받았던 E-mail을 Copy해 둔 것을 꺼내 다시 읽어보면서 4년 전 옛 추억을 회상해 본다. 한국에서 두 번째로 열리는 국제 펜 대회에서 그분은 첫 번째로 기조 강연을 하였다. 여전히 멋있었으며 불란서 사람 특유의 젠틀하고 문향이 풍기는 예의바른 인상과 매력에 그곳에 있는 펜 회원 모두를 매혹시켰다. 단상에서 문학 강의를 하는 그분의 모습은 조리 있고 성실하고 차분하게 우리들을 이해하게끔 강의를 하였다.

그분의 강연 주제는 불어의 '욕망'이라는 단어로 한국말로는 '바람'이며 이 단어는 불어오는 바람과 동음이라는 것이 인상적이다.

문학은 바람의 한 형태

'르 크레지오'는 한국과 프랑스 문학을 '바람'이라는 주제로 비교하면서 '욕망은 바람처럼 거칠고 격렬하며 불현 듯 찾아온다는 것'. 그리고 유용하게 영감을 주는 것이 바로 모든 문학이 보여주려고 했던 것이다. 문학은 전통적으로 사랑에 대한 바람, 무한한 존재에 대한 바람, 이상 세계에 대한 바람 등 다양한 바람을 그려 왔다고 풀이했다.

프랑스 문단에 살아있는 신화로 추앙받는 2008년 노벨문학상 수상자 '르 크레지오'. 남 프랑스 '니스'에서 1940년 출생한 그는 1963년 첫 작품 '조서'로 프랑스 '르노드'상을 수상하며 화려하게 문단에 데뷔했다.

그분과의 인연은 내 작품 '펜 대회 관람기'에서도 기고했지만 2012년 경주 국제세계 펜 대회에서 우연하게 아침식사를 하러가는 엘리베이터 안에서 Good Morning 인사를 하면서 이루어졌다. 이어서 뷔페

식당으로 들어가 빈자리에 함께 앉아 식사를 하면서 많은 대화를 하였다. 불란서 사람으로서는 유창한 영어와 사람을 압도하고 매혹시키는 대화와 겸손한 매너에 한없는 존경심을 갖게 되었다.

또한 한국을 너무 사랑하는 친 한파 노벨상 작가로서 그분이 여러 번 한국을 방문하였으며 여러 대학에서 강의도 하였다고 한다.

'르 크레지오'가 우리나라 고장 중에서 가장 좋아하는 곳은 제주도 섬이라고 하였다. 특히 성산 일출봉에서 바라보는 아침의 일출은 과연 세계적인 풍광이라고 하며 제주 앞바다의 파란 물결은 자기 고향 불란서 '니스'의 지중해 앞바다와 비슷하여 그곳에 가면 고향 생각이 간절하여 한국에 오면 꼭 제주도를 방문한다고 한다.

유난히 한국의 고즈넉한 불교사찰을 좋아하여 전라도 화순의 '운주사'를 방문했을 때의 일화도 들려주었다.

산사 마당에 고요하게 내리는 가을비는 너무도 운치가 있고 황홀하여 그 자리에서 '가을비'라는 시를 적었다고 한다.

고국에 돌아가 E-Mail로 영시로 번역한 '가을비' 시를 보내 주었다.

가을 비

흩날리는 부드러운 가을비 속에
꿈꾸는 듯 하늘을 관조하는 와불
구전에 따르면 애초에 세 분이었으니
한분 시위불이 홀연 절벽 쪽으로

일어나 가셨다

아직도 등을 땅에 대고 누운 돌부처는

일어날 날을 기다리신다

그날 새로운 날이 도래할 거란다

운주사의 가을 단풍 속에

구름 도량을 받치고 계시는 두 분 부처님

아뜩 잊은 채 찾아 달라고 붙잡고 쓸어간다

로아(Loas)의 형상을 한 돌부처님

당신 신당을 닮은 돌부처님.

'르 크레지오'는 앞으로 한국에 대해 많은 글들을 쓰리라 기대하며 프랑스어권에 한국을 알리는 큰 기여를 하리라 믿는다.

한국 사람이 백 마디 하는 것보다 백배나 강한 설득력을 지닐 수 있으며 특히 노벨문학상 작가라는 명성으로 서구에 한국문학을 홍보한다면 그 보다 더 큰 바람은 없을 것이다.

광화문 교보빌딩 23층으로 그분의 강의를 들으러 갈 기대에 벌써부터 부풀어진다. 4년 전 경주 국제 펜 대회 인연을 회상하면서 그분의 변화된 모습과 반가운 재회를 기대해 보면서……

2016. 6.

다시 6월이 왔다

수없이 잊으려 해도 이때만 되면 내 머릿속에 입력되었던 아팠던 상처가 되살아나며 나의 가슴을 짓누른다.

어언 65년이라는 세월이 지났건만, 아직까지도 그 힘들었던 순간들이 추억으로 변하여 애잔한 회상으로 남아 있다.

아픔마저 털고 해마다 다시 돌아오는 6·25. 이제는 세월이 흘러 세대의 사람들은 많이들 저 세상으로 갔지만 그때의 잔혹상을 후세에 알려주는 것도 남은 자의 의무라고 생각하고 이 글을 쓴다.

또한 시대의 참상을 눈으로 보고 몸으로 겪었던 불행했던 역사의 희생자들이기에 아픔이 남다르다.

그해 여름, 나는 꿈 많던 여학교 2학년 소녀였다. 온 세상이 싱그러움으로 풍만하였던 초하의 6월 25일. 평화스러웠던 남한 땅에 마른하늘에 날벼락 치듯 북쪽 군인들이 갑자기 침공하였으니 우리나라는 그냥 무방비 상태로 맥 놓고 당할 수밖에 없었다.

어린 소녀였던 나와 동생들은 전쟁이 무엇인지? 이념이 무엇이며 정치와 공산당이 어떤 것인지? 아무것도 모르는 상황에서 갑자기 당한 비극적 참상을 감당할 수가 없었다.

서울이 맥없이 함락된 후 약 보름 후 학교에서 모두 등교하라는 통보가 왔다.

갑자기 공산주의자로 돌변한 학우들

전화도 없고 연락망이라고는 오직 반 조를 짜서 반장들이 각 반 학생들의 집을 방문하여 며칠, 몇 시에 꼭 학교로 나오라고 연락하고 다녔다.

학교에 가보니 넓은 강당에 많은 학생들이 운집하였다. 단상에 서서 열변을 하는 선배 언니는 과거 학도 호국 단장이었던 학생이었는데 어찌하여 사상적으로 돌변하였는지? 모두들 놀랐다. '우리 모두 혁명 과업에 동참하자' 고 입에서 거품을 뿜어내며 열변을 토해내고 있었다.

다음에는 체육선생님이 단상에 올라가 똑같은 구호를 외치며 혁명과업을 완수하자고 했다. 식이 끝난 후 모두들 스크럼을 짜고 가두 행진을 하는데 어디를 가는지? 겁도 나고 수상도 하여 슬그머니 옆에 계신 선생님에게 물어보니 종로 쪽으로 나가서 '수송학교' 로 집합한다고 했다.

나는 한 손으로 구호를 외치면서 마음속으로는 도망갈 궁리만 하다가 일행이 엉켜지는 틈을 타서 도망치기 시작하였다.

신발을 벗어들고 뛰고 또 뛰어서 미로의 골목길을 죽기 아니면 살기로 도망쳐 나와 집에 도착하였다.

이제 살았다 하는 안도감과 함께 하늘이 노랗게 변하면서 픽 쓰러졌다. 나중에 풍문으로 들은 소식통에 의하면 그날 수송국민학교에 모였던 서울시내 중학교 학생 대부분이 군 트럭에 실려 북측으로 갔다고 들었다. 만일 내가 도망쳐 나오지 않았으면 어찌 되었을까? 생각만 해도 끔직하고 소름이 끼친다. 아마도 북측 여맹군이 되어 북한에 충성을 맹세하다 어느 날 이슬같이 버려져 지금쯤은 북한하늘 그 어느 곳을 내 혼이 맴돌고 있겠지!

인민군들에 의해 약탈당한 우리생명줄인 양식

피난도 못가고 서울에 갇혀 있었던 서울 시민들의 제일 고통스러웠던 것은 식량난이었다. 우리 집은 해방 후 아버지의 전문직을 살려 산림청에 취업하여 산림청 관사에 입주할 수 있었다. 그 당시 북아현동은 서울의 부촌이라 하는데 우리가 살던 관사도 그곳에 있어 우연하게도 우리는 서울의 부촌시민이 될 수 있었다.

인민군 서울 점령 후 얼마쯤 지났을까? 트럭이 군인들을 싣고 소위 부촌이라는 우리 동네로 와서 집집마다 문 두드리고 양식을 전부 갈취하여 가는 사건이 벌어졌다.

우리 집도 예외는 아니어서 인민군들이 군화를 신고 들이닥쳐 부엌에 있는 식량을 모조리 퍼 빼앗아 갔다. 나는 울면서 매달려 그들에게 다 가지고 가면 우리 식구는 굶어 죽으니 조금만 남겨주고 가라고 사정하였다. 그러나 인정사정없이 우리의 생명줄인 식량을 모조리 빼앗아 싣고 유유히 사라졌다.

그날부터 우리 식구는 굶주림과 고난의 3개월을 어찌 지냈는지? 생각하기도 싫고 회상하기도 싫다. 각종 옷가지와 돈이 되는 물건을 보따리에 싸서 엄마와 나는 시골구석을 다니며 보리와 잡곡들을 바꾸어 겨우 식구들이 연명하며 살았던 그해 무더웠던 여름!

다행이 여름철이라 각종 채소가 나오는 시기이기에 그나마 서울 시민들은 그것으로 연명하며 국군과 UN군이 입성할 때까지 숨죽이며 살았던 65년 전의 암울했던 시절이 주마등처럼 스쳐 지나간다.

인천 외삼촌댁으로 양식 구하러 가다

우리 집은 팔다 팔다 더 이상 내다 팔 물건도 없어서 마지막으로 자존심이 강한 엄마가 인천에서 잘 사시는 외삼촌댁으로 양식 구하러 가기로 결정하였다. 차나 아무런 교통수단도 없던 시절 엄마와 나는 새벽 일찍 집을 나서 걸어서 인천 외삼촌댁으로 향하였다.

가도 가도 끝이 없는 머나먼 인천으로 가는 길.

서울 마포 나루에서 쪽배를 타고 도강하여 걷다가 하도 배가 고파 보따리에 싸온 삶은 감자 몇 개로 허기진 배를 채우며 옛 복숭아 밭 소사길을 지나 걷고 또 걸었다. 하루 종일 걸어서 그 다음날 새벽이 되어 인천 외삼촌댁에 도착하니 예상했던 대로 외숙모의 싸늘한 냉대에 맥이 탁 풀리는 것 같았다.

하지만 인자하신 외삼촌이 우리를 맞이하면서 가여워하시는 모습에 조금은 안심이 되었다. 고마우신 외삼촌께서 우리 모녀가 이고 갈 수 있을 만큼 넉넉히 주시는 양식을 받고 조금 휴식을 취한 후, 다시 서울로 향하였다.

외삼촌께서 큰길까지 따라 나오셔서 조심히 가라고 누이동생인 엄마의 등을 두드려 주며 힘내라고 용기를 줄 때는 엄마와 나, 외삼촌 다함께 눈물을 흘리며 헤어졌다. 혈육의 정이란 이리도 간절한가를 일깨워 주었던 고마우신 외삼촌, 이제는 고인이 되신 그 분께 마음깊이 감사드린다.

식구들이 기다리는 집으로 돌아오는 길은 힘이 샘솟으며 마포 나루까지 다시 왔다. 우리 국군과 UN군의 서울 탈환이 머지않았다는 라디오 뉴스와 전쟁이 막바지에 도달하여 하늘에서는 전투기들이 요란하게 기승을 부리던 무덥던 8월초, 그 해 여름 마포나루터에는 이미 많은 사람들이 도강을 하려고 줄을 서 기다리고 있었다.

엄마의 날렵한 기지로 배안의 우리 모두를 살렸다

마침내 우리 차례가 와서 배를 타고 떠나려 할 때 난데없이 인민군 2명이 뛰어와 배에 올라탔다.

뱃사공은 군인들한테 무서워 아무 말도 못하고 그냥 노를 저어 강 가운데로 전진하기 시작하였다. 마침 그때, 전투기가 잽싸게 우리 배 위를 선회하기 시작하였다. 하늘에서 내려다 본 우리 배안에 누런 인민군복을 입은 군인을 향해 총을 쏘려고 우리 머리 위를 몇 번 돌고 있는 듯한 찰나, 엄마가 군인들을 향해 엎드리라고 말을 한 뒤, 치마를 벗어 군인들을 덮어씌우고 그 배안에 탄 사람들은 다 민간인들이라는 것을 입증한 신속하고 날렵한 엄마의 행동. 배위에서는 이미 많은 사람들이 동요되어 '하느님, 부처님, 살려달'라고 부르짖는 아비규환이 벌어졌다. 다행이 천지신명의 도움으로 전투기는 다른 방향을 향해 가는 듯하더니 우리 배에서 조금 떨어져 도강하고 있는 군인들이 많이 탄 다른 배를 향해 인정사정없이 한바탕 총을 쏘고 사라지는 것을 목격하였다.

엄마의 민첩한 행동이 우리 모두를 살렸기에 그 순간에는 우리 엄마가 너무도 위대하다고 감탄하였다. 만일 전투기가 우리 배를 향하여 총을 쏘았다면 우리 배는 가라앉고 엄마와 나는 한강물의 고기밥이 되었을 것이다.

무사히 집에 도착하여 걱정하며 기다리는 식구들과 즐거운 저녁 식탁에서 아슬아슬 하였던 체험담을 이야기 했던 순간들도 지나온 애달픈 회상이다.

며칠 후에는 또다시 6·25. 전쟁이 났던 그날이 돌아온다.

그 잔혹한 참상을 요즈음 세대들은 잘 모르고 알려고도 하지 않는 것이 안타깝다. 우리나라가 이처럼 부강한 나라가 된 것이 그냥 얻어진 것으로만 알고 있는 요즈음 세대들에게 바로 알리고 싶다.

먼저 간 선조들의 피나는 노력과 희생 뒤에 이룩한 우리 대한민국이라는 것을 알리려고 이 글을 쓴다.

그 힘든 시대를 몸으로 겪으며 살아온 어르신들의 한결같이 소망하며 바라는 것은 우리 조국 땅에서 전쟁이란 잔혹한 일이 다시는 오지 말기를 평화로운 조국이 영원하길 두 손 모아 빈다.

'구름처럼 왔다가 바람처럼 가버리는 것이 인생이다.'

인생 한 평생 긴 것 같지만 지나온 과거를 되돌아보면 하루처럼 짧다.

불행했던 역사도 우리나라 한 시대의 역사고 힘들었던 과거사도 애잔한 추억이기에 그때를 회상하면 아련한 그리움이 꽃처럼 피어 난다.

2016. 6. 25.

Chapter 2

믿음의 길 밝혀 주는
작은 등불

That small light to my faith

등불

캄캄한 밤 먼 마을의 등불은 아름답다.
그 등불엔 평안이 있고 안식이 있고
살아 있는 날의 꿈이 있다.
나도 내안에 꺼지지 않는 등불 하나
밝혀 두고 싶다.
그 등불을 향해 내 안으로
걸어가고 싶다.
누군가 그 등불 안에서
기다릴 것만 같다.

빛으로 오신님

-'프란치스코' 교황님 방한소감

꽃가마 준비하고 설레이는 마음으로

당신을 맞이하겠습니다.

우리들 사랑과 정성어린 뜻 모아 마음의 꽃가루를

당신의 오시는 길 뿌려 놓겠습니다.

당신은 온 세상 모든 이들에게 따듯한 희망을 주셨습니다.

어두움 속에서 길을 잃고 헤매며 가시밭길에서

상처 입은 우리들 영혼의 손을 잡아 주시러 오십니다.

빛으로 오신님.

어두움 속에서 빛을 봅니다.

프란치스코 교황님.

진정 당신은 살아 있는 하느님이십니다.

낮은 곳, 힘들고 가난한 이들의 벗으로 다가오시는

진정 당신은 살아있는 예수님이십니다.

구원의 사도 그 분이 오시는 날

남북으로 갈라진 우리나라, 우리민족에게 복음의 기쁨과 평화의
사랑을 전하고저 순교의 땅 한국으로 오시던 날은 날씨마저 화창하
고 천주교 신자를 비롯한 일반 시민들 모두가 흥분과 환영의 하루였
습니다.

서울 공항에는 이미 많은 환영객들이 교황님을 맞이하러 기다리
고 있었지만 예전과 다른 것은 대부분 소시민들입니다.

마침내, 교황님이 타신 전세기가 서울공항을 선회할 때 쯤 어디선
가 기다리고 계시던 박근혜 대통령이 교황님을 맞이하러 걸어오시
는 모습은 감동적이었습니다.

비행기 문이 열리고 하얀 성의 입으신 교황님이 미소 띤 모습으로
내리실 때는 온 나라가 열광하였습니다. 공항 환영식도 그분 뜻대
로 간소하게 마친 후 아주 작은 쏘울(기아차)을 타시고 4박 5일간의 한
국순례 여정이 시작되었습니다.

'나는 한국을 사랑 한다' 는 교황님.

가시는 곳곳마다 성령의 불꽃 피워 주시고 부디 건강하게 일정 마
치소서.

다음날부터 연로하신 노구의 몸으로 8월의 무더운 날씨와 함께 평
화와 사랑의 메시지를 전하기 위해 순례의 길이 시작됩니다.

천주교 신자들의 잔혹한 처형의 장소이며 아픈 역사의 현장, '해미
성지' 우리나라에서 첫 신부로 탄생한 고 김대건 신부님의 탄생지
'솔뫼' 성지에서 아시아 청년들을 한국으로 불러 모아 새로운 복음화

계기를 마련하게 하여주신 교황님.

가시는 곳곳마다 눈부신 은총의 순간들을 어찌 글로 다 표현하겠습니까? 광화문 광장에서의 시복식(거룩한 삶으로 순교한 성자라는 뜻) 미사는 하느님께서 한국 천주교에 기적을 내리신 축복입니다. 온 세계가 미디어로 지켜보는 가운데 각 외신마다 교황님의 겸손하고 검소한 행보는 찬탄의 기사를 아끼지 않았습니다.

시복식 미사장소로 가시는 2㎞ 거리, 곳곳 순간마다 멈추어 어린 아이들의 머리를 쓰다듬어 주시고 껴안아주시는 교황님의 모습은 살아있는 예수님을 만난 듯 가슴 뭉클하였습니다.

교황님의 이번 한반도 방한 순례는 모든 종파를 초월하여 비록 무신론자라 하더라도 그들 각자 마음에 큰 파문을 던지셨을 것입니다.

교황님!

교황님께서 이 땅에 뿌리시고 가실 평화의 메시지와 사랑은 우리 영원히 마음에 담고 살아가겠습니다.

가난한 자와 낮은 이들을 더 사랑하라는 교황님의 말씀은 저희들에게 더 울림이 큰 은혜의 말씀이었습니다.

교황님이 한국에 계셨던 100시간 동안 너무 고맙고 행복했습니다.

안녕히 가십시오. 성 프란시스코 교황님.

2014. 8. 18.

As thee came in light

– In memory of Pope Francis' visit to Korea

We await you with trembling hearts

As if preparing a flower laden sedan

We will sprinkle our love and utmost sincerity

Upon the path you will take

You have bestowed your love and hope to everyone

To those who are lost in darkness, to those who are

scarred in a thorny path

You are here to hold our spirit

As thee came in light

You are here to light up the darkness

Pope Francis, you are truly the living Lord

As a friend to the poor and suffering,

You are truly our savior

In honor of the great apostle of salvation

For a divided nation like ours, the visit of Pope Francis was so significant; he came to give us the message of peace, love and hope to this land of martyrdom. Even the clear skies welcomed the Pope as this was a day of celebration for Catholics and most everyone in Korea.

People were already waiting to welcome Pope Francis at Seoul Air Base, but something different than any other visit from a chief of state was that the welcoming crowd were all average citizens. As the Pope's plane started descending, President Park Geun-hye walked towards the plane to welcome the Pope.

At last, the trap opened and we could hear the welcome sounds of the crowds at the airport, and seemingly from the whole nation. Whether believers or not, everyone had an ardent desire to welcome this tranquil servant of God to Korea. After a short welcome ceremony, Pope Francis started his 5 day journey to Korea in a compact car, Soul.

He started on his journey spreading his message of love and peace. "I love Korea" was his words everywhere he went. Our only desire was to feel his divine Holy Spirit and prayed for his health in the humid August weather.

The first visit was to Haemi Shrine, a painful place in history where

Catholics were executed, and next to Solmoe Shrine, the birthplace of Daegon Kim, the first Catholic priest of Korea. One of the main gatherings was an inspirational event where hundreds of Asian youths gathered to hear the Pope speak.

How can words describe the blessings we received moment by moment, the inspiration from his messages. The highlight of this visit was the beautification mass in Kwanghwamun Plaza. What a magnificent sight. Actually every Catholic church reserved a place months before the mass, and every avenue leading to Kwanghwamun was packed. As the whole world watched, Pope Francis commenced to the podium from 2 kilometers away, halting the car to hold hands, hugging children and blessing thousands of people on the sidewalk. This was such a touching moment that brought tears to our face.

Your inspiring messages of peace, love and hope certainly caused a stir to believers of all religious orders and atheists alike; we will cherish this in our hearts forever.

"Love those who have not what you have"

Pope Francis, your 100 hours in Korea was truly a blessing.

We thank you from the bottom of our hearts.

August 18th 2014

고 김수환 추기경님을 추모하며

고요한 밤하늘에 갑자기 천둥번개 요란하게 울리더니 그 속을 뚫고 큰 별 하나가 떨어졌습니다.

온 세상 만민들에게 가슴 아프고 놀라운 소식은 우리가 사모하고 존경하는 김수환 추기경님의 선종 소식이었습니다.

빈손으로 왔다 빈손으로 가시면서 귀한 보석보다 값진 말씀, 소중한 교훈을 남기고 가셨습니다.

고맙습니다! 사랑하십시오!

그 어떤 종파를 떠나 모든 사람들이 그분의 선종을 애석해하며 슬퍼하기에 진정으로 인간 하느님이십니다. 겨울의 마지막 추위도 그분의 선종을 슬퍼하는지 매서운 한파가 맹위를 떨치고 갑니다. 추위 속을 뚫고 온 세상 미움도 원망도 증오도 다 사라진 추모 인파의 사랑의 줄이 명동성당 언덕길을 이어졌습니다.

추모의 인파들 속에 내 한 몸도 함께 걸어가면서 나도 모르게 나의 눈시울은 흐려지며 그분을 처음 뵈었을 때의 감격스러웠던 순간이 회상됩니다.

내가 추기경님을 처음 뵈었을 때는 10여 년 전, 그 당시 다니던 광장동 성당 특전미사에 초대되어 오셨을 때였습니다. 구의동 성당에서 분가하여 새로 광장동 성당이라는 새 성전에서 힘들고 어려운 살림을 꾸려갔지만 우리 온 신자들이 열과 성의로 뭉치고 합심하여 1년 만에 모든 빚을 갚았을 때였습니다.

추기경님께서 축하와 격려하러 오셔서 특별 강론하여 주셨습니다. 추기경님 말씀이 1년 만에 성당 빚 다 갚고 오뚝이같이 일어선 성당은 대한민국 아니, 전 세계 성당 중에 이곳 광장동 성당 밖에 없을 것이라고 분에 넘친 칭찬을 하여 주셨기에 온 신자들 웃으며 큰 박수로 화답하였습니다.

특전 미사를 보시고 난 후, 지하 식당에서 점심식사를 우리와 함께하며 더 가까이에서 뵈었습니다. 소탈하시고 인자하신 추기경님과 식사 후, 화기애애한 가운데 대화를 나누다가 모두가 추기경님의 애창곡을 불러 달라고 간청하니 일어나 그 작은 눈을 지그시 감으시더니 추기경님의 애창곡 18번 '나 하나만의 사랑'을 너무도 멋지고 애잔하게 부르셨습니다.

모두가 가슴 찡한 감동을 받으며 눈가엔 작은 이슬이 맺혀 있었습니다. 신부님으로서의 인간적인 고독과 갈등, 사랑, 고뇌하며 살아온 삶의 조각들을 소박하게 노래로 표현해 주셨습니다.

추기경님의 인자하신 눈망울, 웃으실 때는 눈이 보이지 않을 정도로 아기 천사와 같은 미소 지으시는 그 모습, 오늘따라 더 사모치게 그립습니다.

아마도 내 일생 그렇게 멋지고 애잔하고 감동스러운 노래는 처음

들어보았습니다.

우리를 위하여 어떤 고난도 마다하지 않고 헌신하셨던 분,

길이 없으면 스스로 길이 되어 주셨던 분.

당신이 남기시고 가신 그 유명한 명언, 고맙습니다. 사랑하십시오. 그 귀한 말씀 내 가슴에 평생 담고 살아가겠습니다. 사랑과 감사와 용서만이 이 세상 모든 갈등을 녹여준다는 사실을 또 한 번 가슴에 담겠습니다.

추기경님. 편안히 안녕히 가십시오.

당신이 생전에 저희 신도들에게 말씀해 주신 진리의 강론들을 가슴깊이 간직하며 진정한 신앙의 길로 걸어가겠습니다. 하느님은 노한 풍랑이 지나가도록 우리의 피난처가 되어주셨고 보이지 않는 강한 힘으로 붙들어 주셨음은 당신이 떠난 지금에야 깨달았습니다.

추기경님!

이제 당신이 떠난 자리에 놓인 사랑은 더 밝고 따듯합니다.

당신이 피우신 평화와 사랑의 불이 어두운 이 땅을 따사로이 밝히고 있습니다.

눈물이 있는 곳에 미소를 갈등과 원망이 있는 곳에 사랑과 평화를 주고 가신 분.

이제 우리가 당신을 위해 기도합니다.

2009. 2. 추기경님을 하늘나라로 보내시며……

정진석(니꼴라오) 추기경님

유리알처럼 맑고 청명한 가을의 파란 하늘과 목화솜과도 같은 뭉게구름이 걸어오고 있다. 이 아름다운 계절이 마치 우리 부부의 견진성사를 더욱 축하하는 듯하다.

그동안 조금은 냉담하였고 성실하지 못한 신앙생활을 한 점에 깊이 뉘우치며 새로운 마음의 다짐을 하면서 새벽 묵주 기도를 올렸다.

성당 정문을 들어서며 '받아서 채워지는 가슴보다 주어서 비워지는 가슴이 될 수 있는 당신의 자녀 되게 하소서' 이렇게 기도 올리며 성모상 앞에서 십자 성호를 그은 후 성당 안으로 발길을 옮겼다.

한복으로 곱게 차려입은 견진성사 세례자들과 축하하러 온 가족과 친지들로 성당 안은 축제 분위기였다.

정해진 자리에 앉은 후 두 손 모아 하느님께 간절히 기도 올렸다.

주님, 우리 부부 더욱 성숙한 신앙인으로 살아가게 하여 주시옵고 당신의 고귀한 은총인 길이요, 진리요, 생명이신 주님을 따르는데 부족함이 없게 하여 주시옵소서.

오늘은 정진석 추기경님이 우리 '화곡성당'에 오셔서 견진성사 세례자들에게 성사를 내려 주시는 거룩한 날이다.

'추기경님을 가까이에서 뵐 수 있다니!' 나의 일생일대의 큰 영광이며 은혜로운 순간이다.

이윽고 입당성가와 함께 우리 성당 신부님들과 보좌신부, 복자들의 호위를 받으시며 그윽한 미소로 손을 흔드시며 입장하시는 추기경님!

분명 예수님이 걸어 들어오시는 듯한 환상과 감동 속에 일어나 손이 아프도록 환영의 박수를 쳤다.

'화곡성당' 역사 이후 추기경님의 미사 집전은 처음이며 견진성사 세례자들에게 직접 세례주시는 하늘이 내리신 축복의 날!

앞자리에 앉아 추기경님을 바라보는 내 잔잔한 마음에 감동이 인다.

미사 중 추기경님의 강론 한마디 한마디가 우리들의 심금을 울려주고 모든 견진자들의 생명수와도 같은 말씀이었다. 화곡성당은 우리나라에서 공동사목을 시행하는 첫 케이스인 공동사목 성당이다.(화곡본당, 화곡6동, 신월동)

추기경님께서 깊은 고뇌와 오랜 구상으로 강력하게 추진하신 첫 모델이며 공동사목 성당인 우리 성당 견진자들을 세례주기 위해 노구의 몸으로 오셨다.

땀을 뻘뻘 흘리시며 약 500여명의 견진자들에게 일일이 성령으로 기름 부우며 세례주시는 모습은 그야말로 감동 그 자체였다!

추기경님의 강론 중 공동사목을 해야만 하는 이유를 상세하게 설명해 주시는데(신도수가 증가하는데 따른 성당을 더 지어야만 하는데 따른 경제적인 이유 기타 등등) 말씀하시는 그 모습에서 '하느님 아버지'의 인자하신 환상 그대로였다.

추기경님!

당신은 우리들의 사랑이옵니다.

당신은 자비이십니다.

당신은 평화이십니다.

그 어떤 말로도 표현할 수 없는 고귀하시고 은혜로우신 추기경님!

당신과 성모 마리아를 따르고자 하는 저희들에게 주님 안에서 기쁘게 생활할 수 있도록 은총을 주시옵소서.

추기경님!

오늘 견진 받는 모든 이들에게 어떠한 상황에서도 복음을 전하는데 충실하고 더욱 강한 신앙인으로 새롭게 태어날 수 있는 진리의 빛을 밝히며 최선을 다할 수 있도록 힘과 용기를 주시옵소서.

고이 두 손 모으는 내 손에서는 촉촉한 물기가 감돌며 내 두 눈에서는 은혜와 감동의 눈물이 하염없이 흐른다.

2007. 10. 7.

호명자(로사리아)

노인대학 졸업식 답사

내가 섬기고 있는 '우장산 성당'이 본가인 화곡성당에서 분가하여 하느님께 봉헌한지 10년이 되는 해이다.

어려운 환경에서 온 신자들이 합심하여 이제는 오뚝이처럼 반석 위에 올라와 차츰 안정되어 가고 있다.

금년부터는 우장산 성당에서 '시니어 아카데미'(노인대학)를 개설하여 외롭고 무료한 어르신들을 위해 8명의 봉사자 선생님들과 지상석 학장님의 뜨거운 열정으로 제1기 노인대학이 문을 열었다. 우리 부부는 즐거운 마음으로 1기생으로 등록하여 열심히 다니며 봉사자 선생님들의 헌신적으로 지도하시는 여러 프로그램을 따라 하면서 감사한 마음 충만하다.

벌써 1년의 수료과정을 마치고 성당에서 1기 졸업식을 베풀어 주시는데 영광스럽게도 졸업생 대표로 내가 답사를 하게 되었다.

존경하는 우장산 성당 장강택 필립보 신부님과 여러 어르신들을 모신 이 뜻 깊고 영광스러운 자리를 마련해 주신 하느님께 진심으로 감사드립니다.

노년의 인생 여울목에서 우장산 시니어 아카데미는 저희들에게 즐거움과 기쁨을 주신 진정 삶의 단비입니다.

'한 세상 살다가는 나그네 길에
생명을 주신 분이 하느님이네
성세도 얻게 되는 하느님 나라
죽어서 얻게 되는 하느님 나라'

감동이 넘치는 아카데미 교가와 함께 수업 시작 전 몸 풀기 운동을 할 때면 모두가 어린이들처럼 생기가 돈아나며 즐거워하였지요.

하지만 노구의 육체는 어찌 감당할 수가 없는지? 힘들게 따라 하시는 어르신들을 보면서 가슴 찡한 애잔한 마음을 애써 잠재웠습니다.

정성을 다하여 어르신들께 봉사하시는 선생님들의 모습은 하느님께서 보내주신 천사와도 같았습니다.

아름다운 희생정신과 봉사 정신으로 수고하시는 여러 선생님들은 참으로 우장산 성당의 보배들입니다.

여러분! 떠오르는 태양보다 지는 노을이 더 아름답다는 것과 같이 모든 무거운 짐 다 내려놓은 후 이렇게 시니어 아카데미를 다닐 수 있는 건강과 믿음 주심을 하느님께 감사합시다.

그동안 저희들에게 사랑과 정성으로 봉사하시면서 지도하여 주셨던 고마우신 아카데미 학장님, 지상석 요셉님.

교무님 로정순 아네스
총무님 양금숙 베로니카
요한반 김정미 데비나
필립보반 강명희 논나
토마스반 이영희 세실리아
점심때마다 저희들에게 맛있는 점심을 제공하여 주시며 항상 미소로 보답하여 주시는 노인 분과장 임경실 아가다
김미옥 안토니오

일일이 손잡고 끌어안고 따듯한 저희들 마음 전하고 싶습니다.
너무 너무 행복하였고 고마웠습니다.
만남과 헤어짐의 순리대로 내년에는 더 많은 회원이 우리 노인대학에 입학할 것을 바라면서 우장산 성당 시니어 아카데미의 무궁한 발전을 기원하겠습니다.
감사합니다.

개성시민 경로잔치

계절의 여왕 5월은 우리 개성시민 경로대회를 축하하기 위해 날씨마저 맑고 청명한 5월의 주말이었습니다.

여러 곳에서 오신 개성 실향민들은 이북5도청 강당을 가득 메웠고 연로하신 몸 이끌고 먼 길 찾아 모두가 고향 분들 만나고 싶고 정이 그리워 찾아오신 실향민들입니다.

얼마나 그립고 보고 싶고 만나고 싶었던 고향 친구들, 동창들, 다 같이 주름진 손 붙잡고 반가워하는 모습은 참으로 보기 좋았습니다.

이 뜻 깊은 자리를 해마다 마련해 주신 시민회의 회장님과 원로 임원님들께 진심으로 감사드립니다.

돌이켜 보면 우리 실향민 1세대들인 부모님 세대들의 고생과 한 맺힌 세월 속에 살아온 인고의 삶은 오뚝이 같은 인생이었지요.

개성인 특유의 근엄함과 알뜰정신, 노력으로 후손들을 성공적으로 잘 교육시켜 대한민국 각 분야에서 두각을 나타내고 있습니다.

근면, 성실함, 오로지 신용과 정직으로 신뢰를 쌓아 크게 성공하신 개성기업인이 많다보니 그분들의 애향심과 또한 고향을 그리는 실향민들의 아낌없는 후원으로 해마다 발전하여 개성시민대회와 경로

대회를 하게 됨을 저희들은 마음 깊이 감사하고 있습니다.

개성사람들은 과다한 욕심도 부리지 않습니다. 넘치지도 부족하지도 않게 분수껏 열심히 살면서 남에게 피해도 주지 않으며 살아가는 깔끔한 개성인의 덕목은 우리만이 지키는 자부심입니다. 특히 개성 여성들의 알뜰한 살림솜씨와 음식솜씨는 전국적으로 널리 알려져 있으며 저 역시 음식 솜씨 좋은 시어머니에게서 전수 받은 개성음식(보쌈김치, 편수, 호박만두, 무찜, 기타 개성음식)은 누구에게나 자랑하는 내 특유의 솜씨며 개성 며느리로서 알뜰한 살림솜씨는 시어른에게서 사랑으로 전수받은 나의 정신적 유산입니다.

오늘의 시민대회와 경로잔치는 더 특별한 의미가 있는 감동 깊은 행사입니다.

박광현 회장님을 비롯한 임원님들의 노력과 열정을 모아 출간하신 『개성지』가 개성인들에게 비매품 증정으로 혜존하였습니다.

5년이라는 긴 세월 수많은 난관과 어려움을 극복하고 개성인의 숙원이고 염원이었던 옥동자 『개성지』가 탄생하였음을 진심으로 축하합니다.

개성인 1세대들은 거의가 저 세상으로 가셨지만 남은 2, 3세대 후손들이 고향산천을 이 향토지 통하여 가슴에 품을 수 있고 그들에게 개성의 문화와 역사를 전달하며 기록을 남겨주는 『개성지』는 모든 개성인의 가정에 크나큰 가보家寶로 남겨둘 것입니다.

자랑스러운 '개성인' 표창을 주실 때는 더 큰 감동을 받았습니다.

타향에서 성공적으로 기업을 이룩하신 존경하는 네 분 어르신들, 고향 분들을 위해 후원하신 결과가 오늘의 많은 개성 장학생이 나오고 기금조성과 여러 분야에서 사랑의 열매가 싹트고 있습니다.

　어제는 우리 모두의 감회가 깊은 어버이 날이기에 제가 '김종상' 시인님의 '어머니 그 이름은' 시를 낭송해 드렸습니다. 시를 낭송하며 단상에서 내려다보는 많은 어르신들의 모습에서 노년이라는 불청객들이 거의가 찾아와 애잔한 심정으로 내 눈가의 시야가 약간의 이슬이 지면서 앞이 흐려지더군요. 하지만 우리들 노년의 세대는 인생의 영광의 훈장이며 노년은 인생의 위대한 훈장입니다.

　삶의 계단을 가장 많이 올라 왔기에 가장 멀리 볼 수 있으며 관찰할 수 있습니다. 아름다운 뒷모습을 남기기 위하여 노력하는 노년은 그래서 더 아름답습니다.

　여러분! 우리 모두 더 힘을 내고 건강 합시다. 내년에도 후년에도 꼭 다시 와서 그리운 친구들 많이 만나고 즐겁게 재회합시다.

　우리 개성 시민회와 송도지를 계승하여 이어나갈 개성 3세대 청년 단체의 활발한 활동을 기대하여 봅니다. 부모님 세대의 애향심과 근면함을 본받아 이들 청년 단체는 우리의 미래이며 희망이며 개성인의 명맥을 이어나갈 귀한 보배들입니다.

　다시 한 번 개성 시민회의 무궁한 발전을 기원합니다.

진정한 한국의 페스탈로치

봄비가 하염없이 주룩 주룩 하루 종일 내리는 오월 초, 밤비를 맞아가며 강남의 청소년 도서관에서 행사하는 존경하는 선생님의 문학상 수상식을 축하하러 갔다.

강남의 휘황찬란한 거리를 오랜만에 와보니 나는 먼 변두리에서 온 이방인 같은 느낌을 받았다. 길을 물어 찾아간 곳은 강남 중심지, 금싸라기 대지에 넓고 최신식 청소년 도서관이 있는 것에 놀랐고 안에 들어가니 그 규모와 시설에 다시 한 번 놀랐다.

아마도 오래전 강남개발 이전에 정부에서 이 터를 마련하였고 우리나라 청소년들의 미래를 위해 이리도 좋은 시설을 마련하지 않았나 생각하니 그래도 우리나라의 보물인 청소년들의 앞날은 밝고 희망이 있다고 마음속 찬사를 보내 주었다.

4층 강당에 올라가니 이미 많은 축하객들이 오셔서 선생님의 수상을 축하해 주고 있으며 선생님은 우리들에게 일일이 악수하며 반가워 하셨다.

오늘의 수상은 우리나라 아동 문학계에서는 가장 권위 있는 '소천' 강소천 아동 문학상이다. 평생을 어린이들을 위한 작품만을 남기고 가신 영원한 어린이들의 벗 강소천님! 오래전 우리나라가 여러 면에서 어렵던 시절, 어린이들을 위한 동요 작품들이 미비했던 시기에 수많은 곱고 아름다운 가사가 붙은 노래들은 거의가 강소천 선생님의 동요나 동시를 가사로 붙인 곡이 많다. 그 중 대한민국 어린이라면 누구나 즐겨 불렀던 동요, '태극기가 하늘 높이 펄럭입니다'

그 시절 어린들이라면 누구나 즐겨 불렀던 애창곡이다.

오늘의 주인공 '소천 문학상' 본상을 타신 존경하는 김종상 선생님! 평생을 우리나라 아동 교육에 몸 바쳐 오신 56년의 교육인생이 헛되지 않았음을 마음깊이 축하드립니다.

권위 있는 문학상 수여식에 참석했다는 사실 만으로 자부심을 느끼며 자리에 앉아 식이 시작되기를 기다렸다.

엄숙한 식이 시작됨과 동시에 식순에 따라 마지막으로 선생님의 답사가 이어졌다. 사범학교 졸업 후 처음으로 발령 받은 임지학교에서 가르쳤던 학생들이 이제는 70을 넘은 노신사가 되어 여기 오신 손님 중에 많이 와 있다는 말씀을 하실 때는 장내가 숙연해 졌었다. 얼마나 사제지간의 정이 끈끈했고 인간관계가 원만했으면 긴 세월 지금까지 이어져왔을까? 부러운 마음 금치 못했다.

선생님은 진정한 한국의 '페스탈로치' 이다.

물론 페스탈로치의 교육이념과 선생님의 아동교육이론은 약간의 차이가 나지만 두 분 다 어린이들을 헌신적으로 사랑하고 평생을 몸

바친 교육사상은 별반 다르지 않다고 나는 정의한다.

요한 하인리치 페스탈로치(Johann Heinrich Pestalozzi)

스위스가 낳은 어린이 교육의 선구자. 평생을 어린이의 영원한 친구이며 빈민가의 어린이들을 위한 선구자이다.

몇 년 전, 스위스 취리히에 갔을 때 시간을 내어 그분의 동상을 찾아가 보았다. 200여년이 지났는데도 여전히 동상 앞에는 그분을 추모하는 꽃다발이 놓여있는 것을 보았는데 그 나라 사람들은 많은 세월이 지났는데도 그분을 자랑스러워하며 존경하고 있다는 것을 느꼈다.

선생님이 쓰신 수많은 동시 동요가 훗날 우리나라 어린이들의 교육적 정서 함양에 크나큰 도움이 되고 혼탁한 이 사회에 어린이들에게 태산 같은 마음의 버팀목이 되어 주리라 믿는다.

선생님이 베풀어 주신 푸짐한 저녁식사까지 대접 받고 돌아오는 길. 여전히 오늘따라 밤비는 더 억세게 내리고 있었다.

메말랐던 대지를 흠뻑 적셔주는 고마운 비, 차창 문을 두드리는 세찬 빗소리를 들으며 먼 옛날 선생님과의 인연을 잠깐 회상해 보았다.

우리 집은 15년 전 우연한 기회에 강서구로 터를 옮기게 되었다. 모든 게 낯선 동네지만 푸근한 이웃의 인정과 된장맛과 같은 인간미 나는 사람 사는 맛에 차츰 이 동네가 정이 들기 시작하였다.

그즈음 잠시 중단하였던 문학 활동을 다시 시작하려던 중 마침 선생님이 강서문협 회장님으로 계셔서 서슴없이 입회하였다.

그 당시 선생님은 강서문협 회장님으로 계시며 강서구 유석초등학교 교장선생님으로 봉직하고 계셨다.

강서문협에서는 마땅한 회의 장소가 없어 선생님께서 유석초등학교 교실하나를 밤에 잠깐 빌려 주셔서 회의하던 기억이 새로워진다. 내가 처음 입회하였을 때는 한참 강서문협이 내적으로 두 갈래로 나누어져 있어 복잡할 때였다.

하지만 선생님께서 슬기롭게 잘 마무리하고 수습하여 주셔서 지금은 명실상부한 한국문협 소속의 우수 지부 협회가 된 것을 자랑스럽게 생각한다.

선생님! 부디 건강하시어 주옥같은 아동문학 작품 더 많이 쓰십시오.

선생님이 이룩하여 놓은 아동문학의 발자취 후세의 어린이들이 더 굳건히 따라갈 수 있도록 선생님의 많은 가르침 주십시오.

선생님의 수상을 다시금 축하드립니다.

2016. 5. 4.

Chapter 3

아름다운 노년은
참으로 경이롭다

Our elderly years are truly extraordinary

노년은 인생의 훈장이다.
삶의 계단을 가장 많이 올랐기에
가장 멀리 볼 수 있다
떠오르는 태양보다
지는 노을이 더욱 아름답다

살면서 가장 행복한 사람은

살면서 가장 행복한 사람은
사랑을 다 주고도 더 주지 못해서
안타까운 마음을 가진 사람입니다.

살면서 가장 용기 있는 사람은
자기 잘못을 뉘우치고 남의 잘못을
용서할 줄 아는 사람입니다.

살면서 가장 지혜로운 사람은
진정한 사랑의 의미를 깨닫고
실천하는 사람입니다.

아름다운 노년은 참으로 경이롭다

부처님 오신 날의 회상

 오늘은 부처님 오신 날, 거리마다 연등의 행렬로 이어지는 석가모니 탄신을 축하하는 거리풍경은 참으로 아름답다.

 신록의 오월, 세상이 푸르름으로 수놓은 이날을 더욱 빛나게 하여준다. 각 사찰마다 치러지는 봉축행사는 너무도 경건하며 불신자가 아닌 나에게도 두 손 모으며 옷깃을 여미게 한다.

 불기 2560, 봉축 법요식이 조계사에서 진행되고 있는 행사를 TV를 통해 시청하며 자승 스님의 법론은 만인의 심금을 울리는 좋은 말씀이다. "오늘의 불자들은 물질이 풍요롭지 않고 마음이 풍요로워야만 진정한 평화가 깃든다"고 불교는 국가와 민족을 구하는 등불이 되라고 구구 절절히 옳은 말씀을 하시는 자승 스님의 법론은 이 세상 모든 종파를 떠나 만인이 추구하는 진리인 것이다.

 종교란! 우리 인간이 추구하는 희·노·애·락의 목마름을 해결해 주며 우리 삶의 정신적인 지주로서 바른길을 걸어가게 해주는 구도의 길이라고 나는 믿는다. 어떤 종교나 마지막 결론은 옳은 길로 바르게 살라는 가르침이고 그 진리는 결국 똑같다고 나는 정의 내리고 싶다.

솔직히 회고하면 지나온 내 인생에 세 번의 종교를 가졌다. 내가 태어나고 자랄 때는 독실한 기독교 신자인 부모님 밑에서 신 기독교적인 윤리와 자유로운 교육을 받으며 자랐고 결혼과 동시에 불교를 믿으시는 시어머니의 종교를 따라 절에 다니고 정초에는 집안의 안녕과 평화를 위해 고사도 지내며 수십 년 교회와 멀리하고 지냈다.

많은 세월이 지난 후, 시어르신들이 타계하신 후 불현듯 나의 옛 종교를 찾고 싶은 마음이 간절하였다. 그리하여 다시금 교회 문을 두드려 기독교 신자가 되었다.

하지만, 갑자기 윗동서와 시아주버님이 돌아가시니 둘째인 우리 부부가 제사를 맡게 되었다. 불교 집안에서 자란 남편이 그리도 간절하게 조상님 제사를 드리고 싶어 하고, 나는 결혼 전 나의 종교인 기독교를 믿고 싶어 하는 가운데 우리 부부는 보이지 않는 갈등이 생겼다.

마침내 남편이 제안을 하였다. 제사만 드릴 수 있는 종교라면 나를 따르겠다고, 사실 내가 믿었던 종교는 보수적이며 오직 유일 신앙, 제사도 못 드리고 절도 못하는 기독교 장로회의 독특한 보수파 종교였다.

나 역시 내 고집만 부리지 않고 남편과 합의한 후, 우리 부부는 천주교 문을 두드렸다. 그 종교는 조상님 제사도 모실 수 있고 절도 할 수 있는 종교이다. 6개월간의 천주교 교리 교육을 받고 영세 받은 후,

몇 년 후 견진성사까지 받은 후, 지금은 사랑과 감사가 넘치는 천주교 신자가 되었다. 몇 년 전에는 딸이 먼저 영세 받고 그 후 아들도 영세 받아 우리 가족은 하느님께서 주신 성 가정이 되었다.

세월따라 믿음도 변하듯이 해마다 찾아오는 부처님 오신 날에는 독실한 불신자였던 시어머님의 기억이 새로워진다.

아주 먼 옛날 시어머님을 따라 절에 다니던 시절이 아련하게 회상되며 산사에서 울려 퍼지던 심오한 종소리는 너무도 엄숙하여 가던 길을 멈추고 옷깃을 여미게 하였다.

불교의 진실된 법문과 교리는 배우지 못하고 깨닫지 못한 채 맞이하는 석가탄신일이지만 나에게는 시어머니를 추억하는 특별한 날이기도 하다. 먼 회상의 메아리가 아련하게 들려오는 듯하는 산사의 목탁 소리와 스님의 설법이 클로즈업 되어가며 부처님 오신 날 기억이 더 애잔하게 회상된다.

오늘 따라 고인이 되신 어머님이 무척 그리워진다.

불자였던 시어머님은 부처님 오신 날 며칠 전부터 전국 유명 사찰마다 찾아다니며 온 식구들의 무사함을 빌며 식구마다 등을 달고 하셨다. 특별히 몸이 약했던 둘째아드님의 건강을 위해 부처님께 땀방울이 맺히도록 빌며 기도드렸던 어머님의 모습이 눈에 선하다. 자식 위해 기도드리던 성스러운 모습, 이제는 기억 저편으로 사라져 가는 아련한 어머니의 모습!

몸이 약했던 둘째아드님은 이제 80 중반을 넘어가며 아직도 건강하게 건재하고 있는 것은 어머니의 기도 덕분이라는 것을 감사하게 생각하고 있다.

어머니 보고 싶고 그립습니다.

생전에 더 잘해 드리지 못한 뉘우침 이제야 뼈저리게 깨달았습니다. 이 나이 되어서야 깨달음과 후회로 용서를 비는 못난 자식입니다.

저 하늘 푸르른 어느 곳에서, 언젠가 어머님 만나게 되면 원껏 효도 못한 죄스러움 무릎 꿇어 빌겠습니다.

해마다 부처님 오신 날 회상되는 사모곡은 오늘도 저 높은 곳을 향하여 메아리친다.

2016. 5. 부처님 오신 날

어버이날의 斷想

　거리에는 빨간 카네이션 대신 노란 리본의 물결이 파도처럼 일렁인다.

　온 나라가 너나없이 시름에 잠긴 어버이날의 표정들. 그 누구를 원망하며 그 누구를 위로하여야 할지? 무심한 하늘을 향하여 소리쳐 보고 싶다. 어이없이 꽃다운 영혼들을 차디찬 바닷물 속에 수장한 이 비극은 우리 모두의 책임이며 가슴 아픈 어버이날의 자화상이다.

　살아서 자식을 앞세운 부모 심정은 오죽하겠는가? 세상의 어미 아비가 가장 참기 힘들 때는 자식이 위험에 빠졌을 때다.

　주어도 또 주어도 아깝지 않고 내 몸이 바스라지도록 희생하여도 그것을 행복으로 여기는 이 세상 모든 부모들.

　며칠 전 어린이날에 이어 오늘 어버이날, 우리 곁에는 자기의 모든 것을 자식에게 주고 싶어도 줄 수 없어 가슴 치는 부모들이 우리나라 저 남쪽 항구 팽목 항구에 수백 명 있다. '내 목숨 붙어 있는 동안은 자식의 몸 대신 하기를 바라고 내 죽은 뒤에는 자식의 몸 지키기를 소망한다. 부모은중경父母恩重經 이 한마디가 자식을 보는 모든 부모 마음을 말한다. 자식을 위해 일평생 바쳐도 모자라 후회하며 애석해하는 이 세상 모든 부모들의 마음은 같을 것이다.

며칠 전 집안 오빠의 생일이라 오랜만에 찾아가 뵈었다. 80이 넘은 고령이지만 무척 건강해 보여 안심하였다. 그동안 지낸 이야기 몇 마디 나누다가 오빠 특유의 딸 자랑이 시작되었다. 미국 명문대를 나와 좋은 직장에서 연봉도 많이 받으며 남편과 딸과 함께 행복하게 사는데 이번에 큰집을 장만하여 이사하여 부모님을 초청하여 미국에 다녀왔단다.

약 한달 간 머무는 동안 가까운 곳은 딸과 함께 여행하였는데 먼 곳은 딸이 바빠서 함께 여행 못하니 몇 군데 다녀오시라고 돈도 넉넉히 드렸단다. 올케는 기대가 부풀어 준비하고 있던 차에 갑자기 오빠가 아프다고 하니 기대에 부풀었던 여행은 수포로 돌아갈 수밖에. 나중에 알았지만 아프다는 말은 핑계였고 미국에 있는 동안 가지고 간 돈도 쓰지 않고 아끼다가 귀국할 때 쯤 딸에게 선물로 신형 새 차를 사주고 돌아오면서 그렇게 기뻐하고 행복해 하는 모습 처음 보았단다. 올케의 말을 들으며 왠지 모를 애잔하고 스산한 마음이 가슴 뭉클 밀려오는 듯하였다.

성공한 어느 기업인의 자서전에서 읽은 에세이 글이 기억난다.
어릴 적 친구들과 송아지를 몰고 소 먹이를 나갔다가 소나기를 만났다. 다른 집 소들은 다 찾았는데 그의 집 송아지만 안 보였다. 날이 어두워 산을 내려올 수밖에 없었다. 제 새끼를 걱정하는 어미 소의 뒤척임이 밤새 계속되었다.

이튿날 아버지와 함께 어미 소를 데리고 집을 나섰다. 두 사람은 묵묵히 어미 소의 뒤를 따라갈 때 이윽고 어미 소의 긴 울음을 듣고 칡넝쿨 뒤에서 바들바들 떨고 있던 송아지가 뛰어나왔을 때 넷은 함께 울었단다.

이렇듯 자식을 사랑하는 마음은 인간이나 짐승이나 다 똑같은 우주 만물의 사랑의 본능일 것이다.

부모님

날마다 자식들이 보고 싶어
한숨 쉬는 어머니
그리움을 표현 못해
헛기침만 하는 아버지
이 땅의 아버지 어머니들은
하얀 눈사람으로 서 계시네요.

아무 조건 없이 지순한 사랑
때로 자식들에게 상처 입어도
괜찮다 괜찮다

오히려 감싸 안으며
하늘을 보시네요

우리의 첫사랑인 어머니
마지막 사랑인 아버지

늘 핑계 많고 비겁하고
잘못 많은 우리지만
녹지 않은 사랑의 눈사람으로
오래 오래 우리 곁을 지켜주세요

오늘따라 하늘나라로 가신 나의 부모님이 몹시도 그리워진다. 지금쯤 살아계신다면 빨간 카네이션을 가슴에 달아드리며 힘껏 안아드렸으련만 미련한 후회스러움이 내 가슴을 쓰리게 한다.

아픈 기억도 즐거운 기억도 이제는 다 그리운 추억 속에 묻혀지며 해마다 찾아오는 어버이날의 애달픈 단상들은 언제쯤 멈추어질지?

팽목항의 비극적인 참사가 다시는 이 땅에 오지 말기를……

화창하고 맑은 오월의 하늘을 향해 빌어본다.

어느 장례식장의 풍경

아침 일찍 '째렁' 하는 핸드폰 문자소리가 나의 폰에서 울린다. 열어보니 성당에서 친히 지내는 자매님의 남편이 돌아가셨다는 문자다.

얼마 전까지도 성당에서 뵈었을 때는 깔끔하시고 병색이 느껴지지 않는 모습이었는데 사람의 목숨이란 이리도 허무할 수가 있을까? 무언가 가슴을 짓누르는 심정으로 문상 갈 준비를 하려고 서둘렀다.

소환이 지난 날씨라 몹시도 쌀쌀하여 두꺼운 옷을 껴입고 문자에 있는 장례식장을 물어 찾아갔다. 그분들의 생활을 조금은 알기에 변두리에 있는 약간 초라한 장례식장을 들어가니 보기에도 딱할 정도로 핼쑥한 자매님을 만나 두 손 꼭 잡고 눈물만 흘렸다. 이런 딱한 상황에서는 아무 말도 할 수 없는 것이 내가 할 수 있는 최선이다.

마침 성당에서 오신 친분이 있는 자매님들과 함께 다른 좌석으로 옮겨 차를 대접받으며 대화를 나누고 있을 때 문 밖이 약간 시끄러워지면서 자매님이 사시는 아파트의 경비원 여러 명이 문상을 오셨다.

참으로 뜻밖이었다. 경비 복장을 그대로 입고 근무하시다 오신 것 같다. 고인의 타계를 애도하며 엄숙하게 절을 하는 것을 보니 고인이 과거 살아오신 삶이 얼마나 값졌나를 짐작할 수가 있었다.

계속 해서 문상오신 대부분은 그 동네 구청 소속 청소부나 가난하고 초라한 기초생활 수급자 같은 행색이 어려워 보이는 분들이 오셔서 고인의 가시는 길을 진실로 안타까워 하는 것을 볼 때 내 마음도 짠하게 깊은 감동을 받았다.

그 어느 재력가나 고관대작 같은 높으신 분들의 요란한 장례식보다 더 값지고 고귀한 은총의 마지막 길인 것에 숙연해진다.

옛말에 흔히들 정승의 개가 죽으면 문전성시를 이루고 정작 정승이 죽으면 집이 조용하다는 말도 사람의 됨됨에 따라 다르며 맞지 않나보다.

마침 따님이 어머님 친구 분들에게 와서 인사를 하기에 옆에 자매님이 너무 존경스럽다고 아마도 좋은 일을 많이 하셨기에 저런 분들이 문상까지 오냐고 물으니 우리 형편에 별로 큰일도 아니 하였다고 대답한다.

해마다 추운 겨울이면 두꺼운 양말이나 장갑 등등 훈훈한 차를 박스로 사서 보내고 여름이면 시원한 과일이나 음료수 등 새벽 일찍 남이 보지 않게 사무실 문 앞에 몰래 가져다 놓고 오시는데 그래도 아저씨들은 누가 하였는지 다 알고 나중에 고맙다는 전화가 꼭 온다.

오른손이 하는 선행을 왼손이 모르게 하라는 주님의 말씀처럼 어렵고 지치고 힘든 사람들에게 작은 위안과 도움을 주며 사신 그분의 삶은 우리 모두에게 좋은 깨달음을 주는 작은 예수님이시다.

남몰래 선을 베풀며 산다는 것은 쉬운 일이 아니라는 것을 잘 안다. 먼저 어려운 이웃을 위해 도움을 주고 나머지로 어려운 살림살이를 꾸려 나가셨던 알뜰한 자매님 또한 무한 존경한다.

나는 도대체 아직까지 불우한 이웃을 위해 무엇을 어떻게 하며 살아왔나? 회개와 회한의 뉘우침이 나를 부끄럽게 한다.

철없는 어린아이가 떼쓰다 부모에게 혼난 후에야 용서를 빌고 그치듯 이제 80의 내 인생 고개마루턱에서 보잘 것 없이 살아왔던 내 삶에 스스로 머리 숙여진다. 그래도 후회는 없고 늦지는 않았다.

누가 알아주지 않아도, 몰라주지 않아도 좋다. 이제부터라도 내 마음 가는 대로 사랑과 봉사와 헌신으로 남은 내 생 열심히 살아보려는 가르침은 메말라왔던 내 마음의 크나큰 감동의 울림을 그분이 주고 가셨다.

솔직히 말해서 아직까지 나는 어찌하면 멋지게 오래 살까(well being)? 어떻게 하면 잘 늙어 갈까(well aging)? 어떻게 하면 삶을 보람되게 마무리 할까(well dying)?에 대하여 나만을 위하며 남에 대하여는 무관심하였다. 나이가 들어감에 우리 인생은 속사포 같이 빨리 지나간다.

잠깐 머뭇거리다가 황혼의 고비를 훌쩍 넘고 내가 무엇을 하며 살았나? 그때에야 후회한다. 나이가 들면 우선 기억력, 판단력, 집중력, 체력의 유연성과 민첩성 등 많은 것이 쇠퇴해 간다. 지적 능력도 감퇴해 가며 삶의 활력도 줄어든다. 겁순이 할머니가 되어가는 나 자신이 너무 비참하지만 아직도 자존심 하나로 버텨 나간다.

어차피 가야할 우리 인생!

남은 인생 겸손하고 보람되고 건강하게만 살 수 있다면 얼마나 흐

못할까. 이웃과 가족들에게 무거운 짐이 아닌 가벼운 향기를 전하며 한세상 아름답게 마무리 할 수 있다면 얼마나 좋을까?

쉬운듯하면서도 어려운 우리 삶의 최대의 바람을 위하여 지금부터라도 자비로운 꽃을 피우며 살아가기를 마음속 깊이 염원한다.

고인을 문상하고 돌아오는 길 하늘에서는 첫눈이 솜 송이처럼 고요히 내리고 있다. 얼마나 복 받은 인생인가?

가시는 길 하얀 눈꽃, 하얀 융단길이 깔려 있는 이승 길을 하직하며 하느님의 축복 속에 하늘나라로 가시는 형제분의 명복을 진심으로 빈다.

2014년 가을 pen문학 기고

병상 일기

　내일은 오랫동안 나를 괴롭혀 왔던 무릎관절 수술을 받으러 병원에 입원하러가는 날이다. 무릎관절이 아파 잘 걷기도 힘들고 고생했는데 결국 결단을 내리어 수술 받기로 하였다.

　무릎 양쪽을 수술 받는다는 것이 두렵기도 하고 겁도 나서 지금까지 미뤄 왔으며 그동안 무릎에 좋다는 주사도 맡고 좋다는 약은 다 먹어 보면서 아프면 물리치료로 견디어 왔었다. 연골이 다 닳아 정상적인 기능을 수행할 수 없는 퇴행성관절염이라고 의사 선생님이 말씀 하신다.

　가족들에게 내색은 하지 않았지만 몹시도 불안하여 수술 며칠 전부터는 밤잠을 이루지 못하였다. 나를 수술하실 집도의 김 박사님은 무릎관절 분야에서는 권위자이시고 다행히 시댁 조카의 친구여서 나를 잘 소개해 주었기에 처음 진료 받을 때부터 성실한 첫 인상에 믿음이 간다.

　수술하기 2주 전부터 환자의 건강상태를 점검하는 모든 검사를 진행하였다.

심전도 검사, 심장초음파검사, x-ray검사, 피검사(피검사에서 8가지 검사를 함), 내분비 내과 검사 등 정확하게 체크하여 각 과의 소견을 수술집 도의인 정형외과 박사님께 보내지면 박사님의 판단 하에 내 건강에 무리가 없이 수술해도 되는지를 결정하신다.

무릎관절 수술이란 고도의 기술을 요하는 '첨단현대의학' 으로 나처럼 무릎연골이 다 닳아 망가진 사람들에게 희망과 삶의 질을 높여주며 잘 걸을 수 있도록 하는 특수 의학이다.

인공관절에 연골을 삽입하여 수술하는 아주 예민한 의술에 대하여 더 깊이 알지 못한다. 다만 신의 기적과 간절한 나의 기도로 수술이 잘되어 걸을 수 있기만을 바랄뿐. 요즈음은 많이 보편화 되고 기술도 더 발전되어 관절 수술 환자가 해마다 더 늘고 있다는 보도가 있다.

최근에는 환자 개개인의 관절에 가장 적합하게 디자인된 맞춤형 인공 관절을 사용한다. 컴퓨터를 이용해 정확한 위치에 최적의 각도로 인공관절을 삽입하는 컴퓨터 내비게이션 수술이나 무릎을 최소한으로 절개해 수술하는 '최소 절개술' 등 수술 정확도 뿐 아니라 출혈과 통증을 최소화해 수술 후 회복이 빠르다고 한다. 하지만 전신마취를 하는 큰 수술이다 보니 두렵고 떨린다.

강철도 오래되면 녹이 쓸고 고장이 나는데 하물며 내 80여 평생을 수술 한번 받아 본적 없고 큰 병 걸리지 않은 내 몸에 고맙게 생각한다.

전날 온 식구가 어머니 혼자 있으면 불안해 하실까봐 함께 늦게까지 병실에 함께 있다 갔다. 가족을 배웅하러 병원 현관까지 환자복을 입고 나갔다 들어오는데 왜 이리 허전하고 울적할까?

수술 받는 날

나의 수술 순서는 아침 제일 먼저 8시 30분. 환자이동 침대에 누워 식구들이 뒤따라 수술실 문 밖까지 와서 서로가 어머니 파이팅! 힘내세요! 엄마 파이팅! 하며 나를 안심시켜 주는데 내 눈에서는 알 수 없는 불안한 눈물이 흘러내리며 수술실로 들어갔다. 순간, 수술실 문이 쾅 닫히며 식구들의 얼굴이 시야에서 사라져 가니 무어라 말 못할 공포감이 솟구친다.

사랑하는 나의 가족

세상에 가장 애정 어린 단어 가족
나의 가족이 있기에
나는 행복하였고
그 가족이 있기에
내 삶이 활기차고 즐거웠다
내 가족을 위해 더 힘을 내어
투병하며 이겨내야 한다.

마취하기 전 나를 수술하실 김 박사님이 다가와서 '어머니' 아무 염려마시고 기다리세요. 나를 안심시키고 이어 마취 선생님이 하나 둘 셋 세어보라 하시며 마취주사를 놓은 후 나는 곧 의식 없는 무아지경이 되고 말았다.

수술이 끝나고 마취에서 깨어나니 주위 선생님들이 수술이 잘 되었다고 하면서 나를 환자 침대로 이동시킨 후 저쪽 유리창 너머로 초조하게 기다리던 가족들과 눈인사만 한 후 곧바로 나를 중환자실로 이동해 갔다.

병원 규칙상 수술환자는 하루정도 환자상태를 체크해야 하기 때문에 중환자실에서 하룻밤을 지내야 한다.

삶과 죽음의 아비규환 중환자실

넓은 중환자실 병동에서 여러 종류의 중환자 30여명이 누워 있는 한쪽 끝에 자리를 배정받아 하룻밤을 보내야 한다.

아프다고 소리 지르는 환자, 내일을 기약 못하며 상태가 아주 위중한 환자, 별별 환자들 사이에서 나는 하룻밤을 뜬 눈으로 보냈다.

다음날 아무런 이상 증상이 없기에 가족이 기다리는 내 병실로 돌아왔다.

투약과 동시에 각종 링거주사를 주렁주렁 달고 여러 가지 알 수 없는 많은 주사를 맞으며 투병생활이 시작되었다.

1주일 후 또다시 한 쪽 무릎을 수술해야 하는 불안감을 안고 3주간의 병원 치료 생활을 시작한다. 물리치료사가 지시하는 대로 진통제를 맞아가며 무릎꺾기 연습과 보행기로 걷기 연습은 참으로 힘든 인내의 순간이다.

앞으로 약 1년 가까이 내 자신과의 의지력으로 참고 인내하며 이겨나가야 하는 걷기 운동, 기타 다른 운동을 해야 한다.

두 번째 수술 하는 날

수술 순번이 1번이기에 아침 일찍 식구들이 병원으로 왔다.

1차 때와 마찬가지로 환자 이동침대에 누워 수술실로 들어가는 내 마음은 처음과는 달리 덜 떨리며 담담하게 기도하는 마음으로 수술실로 들어갔다.

1차 수술 때 경험에 의해 중환자실에서의 하룻밤이 악몽이었기에 미리 주치의 선생님께 사정하였다. 가능하면 수술 끝나면 중환자실로 가지 말고 곧장 내 병실로 오게 해 달라고 부탁하였더니 승낙하여 주셔서 2차 수술 끝남과 동시에 내 병실에 와서 편히 누워 회복할 수 있었다.

다음 날부터 수술 후유증과 두 번이나 전신 마취하였기에 정신이 몽롱하고 수술 통증이 나기 시작하여 진통제 없이는 견딜 수가 없었다.

아픔의 고통은 언제까지 견디며 투병하여야 할지? 때로는 너무 아파 병실에 아무도 없을 때는 혼자서 울 때도 있었다.

내 성격상 모르는 간병인이 옆에서 도와주는 것은 싫어서 딸이 시간을 내어 일일이 도와주니 안심이 되고 진정으로 고마웠다.

문병 오신 분들이 딸이 옆에서 지극 정성으로 간호해 주는 것을 보면서 딸 없는 분들은 무척 부러워하였다.

차츰 시간이 가면서 몸도 차도가 나고 조금씩 움직일 수 있었다. 의사 선생님이 보행기로 걷는 연습을 하며 아픔을 참으며 무릎 꺾기 연습을 하라고 힘과 용기를 주신다.

물리치료사와 선생님이 시키는 대로 꺾기 연습과 보행기로 걷는 연습을 반복하며 열심히 하니 서서히 차도가 나는 것 같다.

순간의 아픈 고통을 참아야만 미래의 활기차게 걸을 수 있는 희망이 있기에 나의 병원 생활은 기도로 시작하여 기도로 하루를 마치었다.

주님! 주님만 믿습니다.

나에게 의지를 주시어 주저앉지 말고 이 고통을 이겨낼 수 있는 힘을 주십시오.

매일 아침마다 기도로 시작하는 나의 병원 생활은 차츰 많이 좋아지며 병원 규정상 입원할 수 있는 3주간의 퇴원 날짜가 점점 다가오고 있다.

드디어 퇴원하는 날이다

병실 창문으로 내다보이는 산언덕의 푸른 나무들은 한 여름의 미풍에 살랑거리며 나의 퇴원을 축하하는 듯하다.

아! 얼마나 기다리던 퇴원인가? 집 떠난 지 3주 밖에 안 되었는데 기나긴 3년이 걸린 듯 그리운 내 집, 앞으로 얼마나 힘든 투병생활이 이어질지 모르지만 지금 이 순간만은 몹시도 행복하다. 무릎이 아파 많은 약 먹어가며 물리치료 다녔던 힘들고 아팠던 시절 다 물러가고 이제 앞으로 잘 걸어 다닐 수 있는 희망찬 그때를 기대해 보며 지금 내 마음은 집으로 무사히 간다는 사실이 꿈만 같고 행복하다.

그동안 짐 보따리는 왜 그리 많은지?

딸은 아침부터 서둘러 짐들을 차에 싣기 시작한다.

주치의 김 박사님이 아침 회진 시간에 들어오셔서 퇴원 후의 여러 가지 주의 사항과 모든 것을 자세히 설명해주시고 나가신 후, 물리치료사님의 설명을 들은 후 퇴원 후 한 달간 복용할 약을 받고 3주간 신세졌던 정형외과 병동 1201호실을 퇴원하려 하니 말 그대로 시원섭

섭하며 감회가 깊다.

그동안 고맙게 해 주셨던 여러 간호사 선생님들과 주위 분들께 일일이 인사를 나눈 후, 마지막으로 보행기에 의지하여 외래 진료를 하고 계시는 김준식 원장님께 인사하러 내려갔다.

이 지면을 통하여 다시금 감사의 글을 올리고 싶다.

박사님이야말로 명의 중에 명의시며 진심으로 성의를 다하여 환자 일일이 내 가족처럼 보살펴 주시는 훌륭한 선생님이시다.

진심으로 감사드린다.

2015. 8. 30.

봉사하는 할머니 낭송가

오늘도 아침 일을 마친 후 서둘러 집을 나선다.

사람들이 붐비는 전철 속에서도 수첩에 적은 작품들을 외우고 보면서 ㅇㅇ복지관으로 낭송 봉사하러 간다.

오늘은 어떤 작품으로 여러 어르신들께 낭송 봉사하여 드리며 그분들의 마음과 외로움을 위안해 드리며 정적으로 감미롭게 해 드릴까? 항상 내 머릿속을 맴도는 것은 좋은 작품 구상이다.

신께서 나에게 주신 좋은 목소리로 낭송 봉사하는 것도 나의 달란트로 이웃과 함께 하는 행복한 삶의 일부이다.

삶이란! 자기 확인의 끝없는 목마름인지도 모른다.

팔순을 넘은 나이에도 나를 필요로 하는 데는 어디든지 마다않고 기꺼이 간다. 양로원, 복지관, 기타 정신적으로나 심적으로 아프신 노년의 어르신들을 위로해 드리기 위해 나의 정성을 다해 시와 수필을 낭송해 드린다.

작년 영등포 구치소에 가서 시 낭송을 하였을 때의 기억이 새롭다. 200여명의 재소자들이 넓은 강당에 모여 앉은 분위기는 산만해 보였다. '한국문협' 소속 시 낭송 분과위원들이 다 함께 그곳에서 낭송 봉사를 하였는데 처음에는 모두들 시큰둥한 표정에 우리들을 받아들이지 않는 분위기였다.

회장님의 인사말씀 뒤에 은은한 음악과 함께 대한민국이 알아주는 대표 낭송가 선생님이 나와 힘차게 정적으로 감정을 맞춰가며 낭송을 하니 모두들 숙연해지기 시작하였다.

이어서 20여명의 낭송인들이 저마다의 기량과 열을 다하여 감동 있게 낭송을 하니 장내는 조용하고 앞자리에 앉은 분의 눈에서는 약간의 이슬이 맺히는 것을 보았다.

특히 그날은 어버이날의 전날이었기에 그분들의 마음을 흔들어 놓은 듯하다. 마지막으로 나의 시 '어머니의 손' 을 낭송할 때는 모두가 숙연해지는 느낌을 알 수 있어 참으로 낭송가로서의 보람을 함께 한 하루였다.

어머니의 손

어머니의 손은 요술쟁이 손
세월의 흔적 포개 놓은 채
앙상한 두 손에서
오묘한 미각이 나오는 마법의 손.

어머니의 손은 승리의 손
긁히고 할퀴고 살아온

손 끝 마디마다
주름진 자국은
인고의 세월 이겨낸 승리의 손.

어머니의 손은 기도의 손
동트는 새벽마다
땀방울 맺히도록
간절히 가족위해 기도하는
거룩한 합장의 손.

문득 지나온 날을 회상하면 물안개 같은 아련한 그리움이 샘솟는다. 꿈같이 지나온 세월이 어제인 듯 하면서 혹은 아주 먼 기억 저편 아득한 곳에 있는 듯 하고, 내가 낭송과 마이크로 인연을 맺기 시작한 것은 먼 옛날 60여 년 전 한국전란으로 온 국민들이 피폐한 삶을 살고 있던 시절이었다.

교육부에서 전국 학생들에게 애국심을 일깨워주기 위해 전국 웅변대회를 열었다. 그 당시, 여고 학생이었던 내가 학교 대표로 웅변대회에 나가 우수상을 탔으니 순식간에 학교의 스타가 되었다.

요즈음처럼 차가 거리에 많지 않던 시절 3·1절 행사 때나 8·15 행사 때면 의례히 전국 학생들이 애국 가두행진을 하며 구호를 외치는 행사 중의 큰 행사였다. 그때마다 나는 우리 학교 대표로서 맨 앞에서 차를 타고 마이크를 잡고 힘차게 전 국민들에게 애국심을 호소하였던 것이 나의 마이크와의 첫 인연이었다.

　물론 전쟁 후에 온 나라가 혼란스러웠고 북한과의 전쟁 공포가 삼엄하였을 때이다. 전란 중에서도 보람과 긍지를 가슴에 담고 지낸 추억어린 여고 학창시절이었다.

　그 후, 결혼 전까지의 나의 직장 생활과 마이크의 인연은 계속 되었다. 잠시의 성우생활과 아나운서의 짧은 시기는 지나 주부로서의 의무가 거의 풀려갈 무렵 다시 시작한 나의 제2의 삶은 다시금 그 옛날 동경하였던 문필가와 마이크를 다시 잡게 하여줌을 감사한다.

　시인, 수필가, 낭송가로서 나의 열정이 소진할 때까지 쓰고 또 써 보련다.

　어느새 내 인생에 운명처럼 비집고 들어와 자리 잡고 있는 그 무엇, 이미 떼어 놓을 수 없는 인연은 더 없이 사랑하면서 내 기억이 희미해질 때까지 간직하며 포용하고 싶다.

　오늘도 하루의 행복한 일과를 마치고 돌아와 컴퓨터 자판 앞에서 두드리고 소리 내고 공부하고 있다. 공부는 정년이 없다.

　끊임없이 노력하고 연마하면서 나의 문학적 미로를 찾기 위해 상상력을 고취시켜야 한다.

　시 낭송 또한 소리 내어 읽으며 연습을 꾸준히 해야 한다.

　좋은 시와 수필의 선택과 이해

　• 표준 발음

- 감정 표현
- 고저 장단
- 태도와 준비 모든 것이 합쳐져 완성되어야만 진정한 낭송가로서의 반열에 오를 수 있다.

앞으로 나의 체력이 얼마나 활동할 수 있을지 모르지만 할 수만 있다면 더 많은 곳에 가서 봉사하고 일하고 싶다.

내 낭송을 들은 모든 어르신들이 고난 뒤에 오는 평온처럼 절망 뒤에 오는 희망처럼 그분들의 가슴을 꽃피워주는 진솔한 나의 친구가 되고 싶다.

우리나라 모든 Silver 어르신들께 용기와 자신감, 힘을 드리고 싶다.
어르신들 파이팅!

팔순의 찬가

　팔순의 고개마루턱에 이르렀다. 지나온 온갖 상념들이 내 마음속 그리움으로 떠오르며 아련한 추억 속에 지나온 세월은 아름다웠으며 최선을 다한 나의 삶 후회는 없다.

　글 쓰는 것이 좋아 펜대를 놓지 못하던 날의 기억 저편에 그래도 남은 것은 내 보석 같은 작품집들이다. 영혼으로 사색하며 고뇌하며 살아간다는 것이 문인들의 숙명이라는 것을 받아들인 것이 얼마 되지 않았다. 인생은 파도를 헤치며 파도를 맞아가며 살면서 남들이 가지 않는 길을 도전해 보는 것도 나에게 주어진 고마운 신의 달란트라고 겸허히 받아들인다.

　인생이란 오르막길과 내리막길이 있는 것. 누구나 한길만을 향해 묵묵히 가다보면 마지막 승자의 그곳에 도달할 것이다.
　내 80평생의 세월, 뒤돌아보니 그래도 힘들던 때보다 행복했던 시절이 많았음을 감사한다.

우리 인생에 있어서 좋은 시절은 한번 가고 나면 다시 오지는 않지만 좋은 때는 언제든지 오게 되어 있는 것, 누구나 세상사라는 게 알고 보면 모두가 그렇듯이 세월은 덧없이 흘러가지만 그 안에는 나이와 함께 이 세상과 어우러져 어쩔 수 없이 순응하며 산다는 뜻이 숨어 있어서일 것이다.

사람이 살다보면 자연 안에 궂은 날도 있고 밝은 날도 있는 것처럼 말이다.

결혼과 동시에 자녀들 양육과 남편 뒷바라지를 위해 열심히 살아왔던 시절은 지나고 이제 황혼의 언덕에서 회한과 아쉬움, 그리움만 안고 조용히 인생 무대의 뒤로 물러설 준비를 하고 있다. 79번의 내 인생의 터널을 무사히 넘어오게 하여주신 고마우신 신께 감사하며 항상 내 주위의 큰 울타리가 되어준 사랑하는 내 가족에게 고마운 마음 보낸다.

노년은 진정한 자신을 돌아볼 수 있는 축복의 시간이기도 하다.

요즈음은 작은 일에도 정성을 쏟게 되고 항상 감사한 마음으로 이웃에게 다가가고 싶다. 삶이 영원하지 않고 유연하기에 오늘이 더 소중하며 나를 새롭게 꽃피우려 한다.

어느 날 왔다가 예고 없이 떠나는 인생. 소중하게 순리대로 살아준 고마운 나의 삶에 조용히 팔순의 찬가를 바치려 한다.

이제는 더 큰 욕심도 없다. 더 바랄 소망이 있다면 나의 평생 반려

자인 남편과 건강한 노후를 좀 더 오래하고 싶은 소망과 노년의 즐거움을 이제 얼마 남지 않은 우리 미래에 남기고 싶다.

눈부신 노년! 생각만 해도 활기찬 새로운 시작을 위하여……

2016. 8.

Ode to my 80th year

I now reach my eightieth year.

So many thoughts cross my mind, an irresistible yearning of recollections of my past. However I have no regrets as I have lived life to my fullest.

My dear works are like my precious jewels, as they are the consummation of my love of writing. Writers are destined to think from their soul, sometimes pondering in anguish. I have more than gladly received this fate, as this gift from heaven has given me joy to brave the tides of life and challenge what others have not.

Life surely has its ups and downs. If we silently pursue that one path, I believe that we can all be winners.

As I recollect my 80 years, there has been more happy times than not. As life passes away, that certain moment will never come back again but our memories will always last. As we all know, life may fly away meaninglessly but we need to adapt to the world we live in. Those gloomy and bright days are all part of our life.

I leave behind my busiest and earlier years of my life right after marriage, caring for my two children and husband. An overwhelming flood of nostalgia surrounds me as I silently prepare to part my life's drama clinging to the longing and regrets of past times. I thank God who has stood beside me for the past 79 years and thank my loving family who has been my strength.

Its a blessing to be able to look back at my past. I now wish to get close to others and care for the small things in life. Whilst life is not forever, the present is still precious enough for me to blossom forth. I am so honored to present this solemn ode to my 80th year that I could cherish and live my life to the fullest.

I now have no more need for indulgences. My only earnest prayer is for the health of my lifelong companion, my husband, that we can enjoy each other companionship for a long time to come.

A new brilliant and extraordinary elderly life awaits us……

새벽찬가

우장산 봉우리 넘어
아침 해가 솟아오릅니다.
어느 먼 길 돌아 다시 찾아오는
길손처럼 반갑습니다.

새벽어둠 밝혀주며
붉은 해가 찬란하게 올라옵니다.
우리 가슴 씻어주는
소리 없는 환희의 외침이여

다시 하루를 주신다면
지난날 보다 더 소중히 받겠습니다.
감사와 기쁜 마음으로
받겠습니다.

큰 문 활짝 열어
한 아름 웃음을 채워야겠습니다.
오! 소중한 하루의 시작이여
희망찬 새벽의 찬가여……

황혼의 여로

Memorable journeys of my twilight years

지구촌 구석구석 바람타고 구름타고

(호명자 기행수필)

미지의 나라가 나에게 주는 경의와 로망을 찾아 팔순을 바라보는 나이에도 마음의 열정이 꿈틀거리고 있었다. 아마도 나에게 조금 남아있는 도전 정신일 것이며 내 삶의 신선한 활력소를 찾기 위해서일 것이다.

Travelling to unknown lands has always instilled a feeling of romanticism as well as passion in my heart. Most probably this has been my strength to challenge more and to seek energy in life.

Chapter 1

아라비아

Arabia

두바이 알아인

무스카트

사막에서 기적을 이룬 나라들

미지의 나라가 나에게 주는 순수한 경이와 로망을 찾아 황혼을 저 멀리 뒤로 보낸 나이에도 내 마음속의 열정이 꿈틀거리고 있었다.

아마도 나에게 조금이라도 남아있는 도전정신을 토해내고 싶은 발로일 것이며 내 삶의 신선한 활력소를 찾기 위하여일 것이다.

신드바드의 모험과 아라비아의 유산과 중동의 보석 같은 고장을 탐방하기 위하여 우리 노부부는 용감하였다.

두바이로 떠나기 위해 인천공항으로 떠나는 날 서울 날씨는 매서운 한파가 기승을 부리는 1월 중순이지만 그곳 날씨는 초여름의 여행하기 좋은 계절이다.

어린 시절에 읽은 동화책에서 아라비안나이트 세계는 끝없이 이어지는 사막 위에서의 전설, 뜨거운 모래언덕 저 편에서 가물거리는 오아시스의 신기루, 아라비아의 단어에는 마법과 매력이 넘치고 그 꿈을 만나기 위해 떠나고 싶은 여행이었다.

비행기가 두바이 공항에 안착하기 전 하늘에서 내려다 본 매력의 도시 두바이는 여기저기서 풍요로운 석유의 위력을 과시하듯 건설의 진동소리가 요란한 모습들이었다. 이윽고 공항에 내린 첫 인상은 아랍 복장을 한 많은 남녀들이 왕래하는걸 보니 확실히 우리나라와는 상반된 문화의 도시 이국땅임을 확인시켜 주었다. 아마도 어림잡아 인천공항의 2배의 규모를 가진 두바이 공항에서 처음으로 사막의 기적을 실감하는 첫 순간이다.

공항에서 머지않은 곳에 한국인이 운영하는 아시아나 호텔에 여장을 풀었다. 호텔 규모나 여러 면에서 다른 나라 유명 호텔 체인들과 뒤지지 않는 훌륭한 시설과 크기에 자부심을 가지며 호텔 방에 들어가니 방에 있는 모든 전자제품과 비품들은 한국제품이며 방마다 은은하게 들려오는 흘러간 노래를 들으니 긴 비행으로 지쳤던 여독을 말끔히 풀어주고 안온한 감회에 젖어들게 한다. 한국을 떠난 지 몇 시간이 되지 않았는데 한국이라는 낱말이 이리도 그립고 애착이 갈 줄이야.

크루즈 배에 승선하기 2일간의 일정은 두바이의 옆 도시 '알아인' 아라비아 반도의 '그랜드 캐논' 이라 하는 고장이다. 산 정상에 대통령 별장이 있는데 내부는 관광객들에게 공개하지 않는다.

• **알아인**(AL AYN)

오아시스의 도시. 아랍에미리트의 7개 토후국 중 네 번째로 큰 도시로 아부다비 동편에 위치해 있다. 5천 년 전부터 인류가 거주해 온 알부라이미 오아시스에 위치하고 있으며 아랍에미리트의 유산이 고스란히 남아 있는 곳이다.

아랍에미리트 역사와 연방국가 성립

아라비아만 입구에 가로놓여 있는 아랍에미리트 연합은 최근 아라비아에서 관심이 가장 집중되고 있는 나라들이다. 수도 아부다비는 내륙지방의 오아시스 도시로 '알아인' 등 광범위한 토지를 통치하고 있다.

1952년 영국정부의 주도하에 7개 부족국가로 구성된 걸프 지역 영국보호령 연합위원회가 설립되어 연합 국가를 건국하려고 시도하여 영국이 1968년부터 1971년까지 영국군대를 먼저 전원 철수하였다.

그리하여 아랍에미리트 연방 최고회의(Supreme Council de Rules) 결성이 합의되었다. 걸프만을 사이에 두고 토후국들이 그들만의 이권을 위해 치열한 다툼을 하였지만 서로 양보하여 모든 조약을 종결함에 따라 6개 아랍에미리트연합이 창설되었다.

아랍에미리트는 중동 아라비아 반도의 동부에 위치하여 한반도 전체 면적의 37% 크기이다. 현재 연방의 행정구역은 7개의 에미리트로 구성되어 있는데 수도 '아부다비'를 비롯하여 '두바이' '샤르자' '아지만' '움알쿠와인' '라스알카이마' '푸자이라' 등이다. 국방 등 연방정부 소관 사항 외에 대해서는 각 자체 토후국별로 관할하며 정부

형태는 대통령 연방제를 채택하고 실질적인 입법 권한은 없고 정당
활동도 허용되지 않는다.

 정식 명칭 아랍에미리트 연합국이며 중동 아라비아반도 동부, 페
르시아 만과 면하고 있다. 총인구는 826만 명이며 인구의 88.5%가
외국인으로 순수 아랍에미리트인은 10%를 조금 넘는다. 수도는 아
부다비이다. 국민은 아랍족과 외국인(아시난계, 이란계)으로 구성되며 언
어는 아랍어, 영어, 이란어, 힌디어 등이 통용된다. 종교는 96%가 이
슬람교를 신봉한다.

보석 같은 고장 아부다비

첫 기항지인 아부다비를 향하여 뱃고동 소리도 요란하게 울리며 배는 전진하고 있다. 크루즈 운항에 있어 승객들이 처음 실시하는 '안전교육'을 밤 11시에 실시하였다. 요란한 사이렌이 울리며 승객들 모두 구명조끼를 입고 배 맨 꼭대기 Deck에서 전시작전을 방불케 하는 배안에서 지켜야 할 훈련을 받았다. 다음날 아침 일어나 보니 배는 이미 아부다비항에 입항하고 있었다.

우리나라 크루즈 회사와 현지 여행사와 체인을 맺은 회사에서 대형버스로 마중 나와 아부다비 관광에 나섰다.

아랍에미리트의 수도이며 두바이 다음으로 큰 도시이다. 이곳 역시 오일머니 덕에 도시 전체가 건설의 붐이 요란하며 가는 곳마다 여유와 낭만이 흐른다.

불과 10년 전까지만 해도 한가한 어촌 마을에 불과하였는데 이곳에 1960년대부터 석유가 나오기 시작하며 기적의 부흥을 하고 있다.

한편 두바이는 석유 의존도가 10%인데 반하여 아부다비는 60%라고 하니 오히려 중동에서 가장 축복받은 땅일 것이다. 이 나라는 가는 곳마다 돈의 위력을 과시하는 듯 세계에서 제일 크다고 자랑하는 이슬람사원, 대통령의 이름을 딴 쉐이크 자이드 그랜드 모스크는 내부 자체가 황금으로 장식하였고 사원 자체가 보석이라고 할 수 있다.

크기와 규모 또한 어마어마하여 남문으로 입장하여 들어가 북문으로 나오는데 가이드의 안내 없이는 꼼짝없이 세계의 미아가 될 것 같다.

그 나라 역사는 짧지만 인위적으로 관광객 유치를 위해 온 나라가 발 벗고 나선듯하다.

에미리트 팔레스 호텔(7성급)에서 금 커피 잔에 금가루가 들어간 커피를 마시며 금으로 장식된 소파에 우아하게 앉아 커피를 마실 때는 내가 곧 왕손이 된 듯한 환상적인 순간이었다. 아부다비에는 이곳 전통 역사를 보전하는 '헤리티지' 빌리지와 세계 최대의 자동차 테마파크 '페리니 월드'도 엄청난 크기로 건설되었다. 아부다비의 인상적인 관광을 마치고 우리는 다시 크루즈 터미널로 귀환하여 다시 배에 승선하였다.

오만의 수도 무스카트Muscat

오만의 수도로 아랍어로는 마스카드라고도 한다. 아라비아반도의 남동단 오만 만의 남안에 위치하고 있다. 16세기 초 포르투갈 인이 약 150년간 이곳을 점령하면서 페르시아 만의 무역을 독점하였다. 1650년 아랍인들은 포르투갈 인들을 몰아내고 현재 '사이드' 왕조의 수도가 되었다.

'오만' 의 무스카트로 향하여 하루 종일 항해하였다. 오전에는 배에서 제공하는 댄스교실과 기타 여러 가지 프로그램에 참여하였고 오후에는 오래간만에 수영장에서 수영도 하며 휴식을 취하였다. 마치 인간 전시장을 방불케 하는 각국에서 모여든 관광객들 이 지구상에는 참으로 다양한 민족이 산다는 것을 새삼스럽게 느껴본다. 배는 불룩 나와 마치 사람인지 동물인지 분간할 수 없을 정도로 살이 찐 서양인들은 각자 자기들의 육체미를 과시하듯 이리 가고 저리 가고 떠들어 대는 인간 군상들 속에서 마치 나는 어느 나라에서 온 이방인 같다. 하지만 이들의 휴가문화와 생활방식은 본받을 만하다.

일하고 돈 벌 때는 열심히 최선을 다하고, 놀 때는 더 멋지게 번 돈을 투자하여 신나게 인생을 즐기며 사는 서양인들. 그래서 이들의 문화 상식도는 우리보다 상위권에 속하는 듯하다. 배는 서서히 이웃나라 '오만'을 향하여 뱃고동 소리도 요란하게 전진하더니 이윽고 오만의 수도 무스카트에 입항하였다.

사방을 둘러보아도 돌산과 사막, 풀 한포기 보이지 않는 삭막한 항구도시 '무스카트' 이 나라 역시 석유 덕을 본 나라 중의 하나 인 같다. 우리는 배에서 하선하여 사막의 도시인지 수도인지 분간할 수 없는 초라한 항구도시를 지나쳐 오래전 전설로 전해져온 '비마호' 싱크 홀을 구경하러 먼 길을 떠났다. 오래전 운석과의 충돌에 의해 생긴 구덩이에 바닷물이 들어와서 생긴 곳 이라 한다. 바다에서 500m 떨어진 곳에 지표면에서 낮은 곳에 화려한 터키석으로 인하여 독특한 모습을 하고 있다.

역시 이곳 또한 자랑하는 모스코는 규모나 시설 면에서 금장식으로 다른 나라 모스코 못지않게 건립하였다. '오만'의 국왕 슐탄은 47년 동안 통치하지만 국민들은 아무런 불평불만 없이 국왕을 존경하며 따른다 한다. 국왕 역시 자기나라 백성을 한결같이 진심으로 통치하는 영도력이 오랜 세월 국민들로부터 존경 받으며 한 나라를 다스려 온 듯하다.

오만은 아랍에미리트에 가입하지 않고 독자적으로 자기나라의 교육문화와 경제, 정치, 기타 모든 것을 운영하고 있다고 한다. 남의 나라에 왔으면 이 나라의 전통 문화 풍습을 존중하여 주어야 할 마음가짐을 갖고 여러 아랍인들과 대화를 나누어 봤는데 놀랍게도 이 나라

지식인들은 영어를 거의 사용할 줄 알며 사람들은 거의가 온순하고 순박하다.

'무스카트' 모래사막을 달리며

풀 한포기 나지 않는 모래사막
싱크 홀 보러 달려간다.
가도 가도 뿐얀 모래 지평선

황량한 곳, 먼 곳에서
납작 엎드린 풀들이 자라고 있었다.
이슬조차 마시지 못한 채
바싹 말라 바람에 휘적이고 있다.

신은 공평하였다.
벌거숭이 사막에도
시커먼 불꽃이 솟아나 부를 주시는
신은 분명 공평하였다.

아랍 사막에서……

이곳에 와서 며칠이 지나도 이해할 수 없는 점이 많았지만 그 중 제일 의문점은 이 더운 고장에서 왜 저렇게 눈만 가리고 온 몸을 검은 히잡으로 감싸고 거리를 다니는 여인들을 보면서 혼자서 생각하였다. 전생에 무슨 업보를 받아 이곳 여인으로 태어나 온 몸을 검은 히잡으로 가리고 다닐까? 아무리 코란종교의 문화 차이 때문이지만…… 그러나 시간이 지날수록 이 나라 역사와 종교, 문화를 조금씩 공부하다보니 이해가 되어 갔다.

일부다처제의 나라. 현재에는 정부의 규정된 법은 한 남성이 4명까지 아내를 소유할 수 있다. 히잡이 처음 생긴 것은 이슬람 종교가 등장하기 훨씬 전 고대의 풍습으로 사막으로 이루어진 이 지역에서는 주로 유목 생활을 하다 보니 서로 약탈하고 전쟁도 많이 나 남자들이 많이 죽다보니 생존한 남자들이 홀로된 여자들을 먹여 살려야 하는 의무감 때문에 일부다처제가 유래되었다 한다.

그리고 전쟁이 날 경우 이방인들에게 여자들을 빼앗길 경우가 많아 노출되지 않도록 얼굴과 온 몸을 가리는 전통이 생겨났다고 한다.

이들 민족을 보면서 황량한 벌판의 사막에서 삶의 핏줄을 이어온 이 나라 백성들의 도전 정신에 경이를 표하게 된다.

너무 강행군을 하며 관광을 하다 보니 몸에 이상이 생겨 심한 몸살 감기가 찾아왔다. 역시 나이는 어쩔 수 없나 보다. 코르파칸에서는 남편과 일행들은 모두 관광을 나갔지만 혼자서 선실에 남아 휴식을 취하기로 하였다. 선실 베란다에 앉아 저 멀리 수평선을 바라보고 있노라니 나라는 존재는 한낱 미묘한 물새보다 못한 존재인 것 같다. 물새는 저 마음껏 하늘과 바다를 나르며 떠돌아다니지만 나라는 존재는 배안에 갇힌 보잘 것 없는 존재. 넓고 넓은 바다에 항해하는 거대한 크루즈 선박도 작은 점 하나가 움직이는 존재일 뿐, 위대한 자연과 우주 앞에 우리 모두 하잘 것 없는 미물일 수밖에 없다.

아라비아 '코르파칸' 바다위에서

멀리 바라보이는 바다 끝
하늘과 바다가 맞닿은 그곳 수평선
검푸른 바다의 그곳을 향하여
힘껏 나아가고 싶다.

밀려오는 파도의 포말을 헤치며
멀리 나가면 그곳에는 무엇이 있을까?
억센 파도의 외침
평온하던 바다를 금세 삼켜 버릴 것 같은
파도의 위력.

바라만 보고 있어야
더 아름다운 자연의 신비
망망대해 한 가운데
한 점되어 떠 있는 거대한 크루즈 선박

우리 인간관계도
멀리서 차간 거리를 두고
마주 볼 때가 좋은 것
가까울수록 단점과 실수가 보이니
실망하여 멀어져 간다.

서로 이해하며 보듬으며
수평을 유지해야
우정도 행복도 영원히
함께 할 수 있을 것을……

아라비아의 노르웨이 카사브항

크루즈 선은 고동소리도 요란하게 다음날 아침 아르므르 해협 옆에 있는 중동의 노르웨이라 불리는 카사브항에 입항하였다.

오만의 북부 지역 소하르 지방의 수도이며 무산담 반도에 위치해 대부분 소하르 지방의 인구들이 이곳 카사브에 집중되어 살고 있다. 아직 덜 회복되어 기침도 몹시 났지만 좀 무리하여 일행들과 함께 카사브 관광에 나섰다.

무산담 반도는 세계에서 가장 활기찬 바닷길 중 하나인 호르모스 해협에 있다.

아라비아 노르웨이로 알려진 무산담 피요르드로 알려진 해안은 옥색 빛깔의 바다와 깍은 듯 절벽이 절경을 이루고 있다. 그 절벽 사이에 형성된 작은 어촌 마을과 아름다운 자연 경관을 감상하였다. 무산담 피요르드는 영국 BBC에서 죽기 전 꼭 봐야 할 자연 절경으로 선정된바 있다. 우리 일행은 아랍 전통 범선인 다우(dhow)를 타고 피요르드를 크루징하면서 자연이 만들어낸 오묘한 풍광에 한껏 취해보며 범선에서 제공한 오만의 전통 점심 식사를 하였다.

사막의 기적, 세계의 도시 두바이

　이윽고 우리가 탄 배는 이번 여행의 마지막 종착지인 두바이 항을 향해 항해하고 있었다. 황량한 아라비아 사막에서 어느 날 기적과도 같이 석유가 펑펑 솟아나니 국민들은 알라신의 축복이고 은총이라고 열광하였을 것이다. 차츰 두바이 항이 가까워지자 선실 발코니에서 바라보는 불빛 찬란한 항구 도시의 황홀함. 아마도 기적의 나라라는 표현은 두바이를 가리키는 언어일 것이다.

　두바이는 아랍에미리트의 최대 도시이자 수도 아부다비에 이어 두 번째로 큰 도시이다. 두바이는 요즈음 도시 국가 또는 독립국가로 자주 오인 되는데 경우에 따라서는 UAE 전체 대표 국가로 두바이어로 표기되기도 한다. 2012년 두바이는 세계에서 가장 물가가 비싼 도시 22번째로 올랐지만 중동지역 도시에선 가장 살기 좋은 도시로 선정되었다.

　다음날 아침 우리는 꿈같은 아라비아반도 크루즈 여행을 마치고 배에서 하선하였다. 짐은 이미 전날 문밖에 내 놓으면 다 내려 놓아주니 우리는 간단한 백만 들고 하선하였다. 배위에서 바라본 두바이 전경과 안개 낀 스카이라인 전경 그 자체는 진정 감탄 그 자체였다.

두바이를 상징하는 랜드 마크 '버즈 알 아랍'은 그곳의 유일한 7성급 호텔이며 세계의 부호들만이 이용할 수 있는 진풍경이 연출되는 곳이다. 두바이의 인공 섬들 중 단연 돋보이는 곳이 '팜 쥬메이라' 인공 섬이다. 파도와 해일이 밀어닥쳐도 버틸 수 있는 인공 섬 안에는 대형 호텔과 상가들이 들어서 있다. 요즈음 아랍 국가들은 석유 덕분에 세계 최고를 자부하는데 사실 가장 큰 쇼핑 몰 두바이 몰은 규모나 레저 면에서 어마어마하다.

몰에는 무려 12,000여 개의 상점과 150여 개가 넘는 식·음료 매장, 셀 수 없이 많은 레저시설들이 들어서 있다. 하지만 가장 인상 깊고 자랑스러운 곳은 대한민국 쌍용건설이 건설한 두바이의 랜드 마크 '주메이라 에미레이트' 타워이다. 그 건물 앞에서 가슴 설레는 자부심을 품고 나의 고국 대한민국에 감사하였다. Korea, 한없이 정겨운 이름을 속으로 외쳐보며 '쌍용이여 영원 하라' 또한 무궁한 발전을 기원하였다.

두바이 시내를 질주하는 자동차의 약 30% 거의가 우리나라 현대와 기아차이다. 아들이 현대 자동차에서 근무하며 두바이와 온 세계를 누비며 한국 산업 역군으로 활동하였던 모습이 눈에 선하며 그 당시 당당하고 늠름하던 아들의 모습이 무척 자랑스러워진다.

두바이 관광의 하이라이트는 세계 최고층 빌딩 '버즈 칼리파'(124층) 전망대에서 바라보는 두바이 시가지이다. 온통 사막으로 둘러싸인 사막 한 가운데 기라성 같은 웅장한 건물들이 솟아오르는 장관은 과연 우리 인간의 한계가 무궁무진하고 신비스럽다는 사실을 다시금 느껴 본다. 불과 반세기 전까지만 해도 세계의 이목을 끌지 못하였던 사막의 나라에서 어느 날 알라신의 기적으로 석유가 펑펑 나오기 시작하면서 세계를 향하여 큰 소리 치면서 돈의 위력을 과시하였다.

전망대에서 내려다보는 두바이 시는 사막 한 가운데 인간의 노동력과 돈이 만들어지는 수많은 건물들, 호텔, 인공 섬들이다. 석유의 매장량이 앞으로 100년은 간다니 나의 하찮은 기우일지 모르지만 그 이후 아랍 운명은 허무한 모래성이 되지 않을까 염려스럽다. 실제 두바이의 순수 두바이 인구는 약 15% 가량이고 나머지 85%는 저개발 국가나 다른 세계 각국에서 모여든 노동자들이 건설 현장에서 힘든 일을 한다고 하니 지난날 우리나라 70년대와 80년대 어렵던 시절에 외국에 돈벌러갔던 우리세대 생각이 가슴 아프게 스쳐 지나간다. 이 나라 정부에서 자국민들을 보호하는 정책은 대단하며 두바이 인이라면 무조건 집 자동차 생활비 의료비 기타 등 무조건 무상으로 지원하다 보니 국민들이 나태해지고 무력해진다고 한다.

젊은이들이 유학 간다면 유학비와 기타 생활비 등 모든 것을 넉넉히 지원하며 학업을 마치고 오면 관공서나 정부 요직은 맡아놓은 자리인데도 공부하기 싫으니 가지 않는다고 한다. 정부 당국은 100년 후를 대비하여 관광국으로 발돋움하기 위해 수많은 빌딩과 호텔을 짓고 있다고 한다. 현재 그들이 가지고 있는 막대한 Oil Money로 세계 각국의 알짜 부동산을 매입하고 있으며 실제 '아부다비' 관광청에서 우리나라 강남 테헤란로에 있는 유명한 빌딩도 작년에 매입하였다 한다.

현대 아라비아에는 이미 '신드바드의 모험'도 사라졌고 시바의 여왕도 모습을 보여주지 않는다. 검붉게 타오르는 유전과 불꽃과 사막에서 새로 탄생하는 현대적인 도시들, 인위적으로 관리하는 녹색 지대의 나무와 파란 잔디가 깔린 정원들, 이것이 새로운 아라비아의 꿈이라고 할 수 있을지 모른다.

두바이 시내 한국식당에서 저녁식사 후 늦은 밤 비행기를 타기 위해 공항으로 이동하였다. 귀국길에 오른 항공기 속에서 가만히 눈 감고 귀중한 경험을 주었던 사막의 여행을 회상해 본다. 그리고 중동 사막의 기적과 한강의 기적을 비교해 보았다.

나의 짧은 견해는 중동 사막의 기적은 알라신이 주신 선물이고 우리나라 한강의 기적은 피땀 흘려 노력하여 무에서 유를 이룩한 값진 한강의 기적이라고 자신 있게 결론지어 본다.

이번 여행은 나를 되돌아보는 귀중한 시간이었다. 여행은 항상 즐겁고 행복하며 그 행복은 또 다른 꿈의 미래를 잉태하고 있을 것이다.

2주간의 짧지 않은 여행을 마치고 가족이 기다려 주는 서울로 도착했다. 아마도 여행은 묵묵히 기다려 주는 집이 있기에 편히 떠날 수 있나 보다.

아부다비

두바이

Chapter 2

알래스카

Alaska

알래스카 편

하바드 빙하를 배경으로 배 위에서 필자 부부

대자연이 살아 숨 쉬는 알래스카

지상 최대의 빙하와 백야, 대자연의 파노라마, 모든 사람들이 동경하는 꿈의 여행지. 그곳의 여름은 청량하면서도 시원하다. 끝이 보이지 않는 거대한 빙하와 순수함, 파란 하늘을 배경으로 높은 산들과 그 위를 덮은 만년설, 북극의 광활한 툰드라와 그곳에서 생존하는 동식물의 모습을 보노라면 자연의 웅장함과 존재감에 저절로 머리가 숙여진다.

눈 쌓인 침엽수림과 유빙이 떠다니는 빙하의 앙상블, 세상 어디에도 없는 황홀한 모습에 감탄사가 절로 나온다.

목화솜 같은 순백의 눈과 얼음으로 뒤덮은 눈부신 빙산과 그 위에서 평화롭게 노니는 북극의 백곰들, 찬란한 오로라, 신비의 고장 알래스카 여행을 계획하는 모든 이들에게 상상만 하여도 흥분케 하는 감동과 모험의 여정이다.

남편의 희수를 맞이하여 우리 노부부는 조금의 도전 정신으로 미지의 땅을 향하여 '알래스카' 크루즈를 타려고 인천공항을 떠나 미국 '시애틀' 항에 내렸다. 흔히들 우리가 생각하기에는 알래스카 하면 저 멀리 지구 끝 북쪽에 우리와는 전혀 다른 삶을 살고 있는 에스키모와 인디언들이 춥고 척박한 땅에서 그들만의 문화 속에서 살고 있는 줄 알고 있었다. 하지만 이러한 상상은 확실한 기우였다. 그들도 우리와 다를 바 없는 생활의 여유를 즐기고 문화와 교육의 혜택을 똑같이 받고 있는 축복받은 민족들이다.

근래에는 이 고장이 임업 광업 수산업 모피업 또한 북극해 연안의 노스 슬로프(North Slope)에 매장된 엄청난 원유와 기타 등등 쓸모없던 동토의 땅이 미국에서 부자와 효자의 땅으로 탈바꿈 되었다.

알래스카는 1959년에 미국의 49번째 주가 되었다. 남쪽은 태평양에 면하고 서쪽은 베링 해협을 사이에 두고 러시아 연방 시베리아와 마주하고 있다. 면적은 50개 주에서 최대로 크고(1,477,268㎢) 인구는 두 번째로 적다.

알래스카는 러시아 황제의 의뢰로 덴마크 탐험가 베링에 의해 1741년에 발견하였다. 러시아는 알렉산드로 바리노프를 지사로 파견하여 이곳을 통치하게 하였는데 1867년 재정이 궁핍하여 그 당시 720만 달러(현재 미화 16억 7,000만 달러)로 미국에 매도하여 이후 미국령이 되었다.

그 당시 미국 국민과 의회에서는 알래스카 매입을 두고 반대가 심하였다고 한다. 하지만 훗날 쓸모없어 보이던 동토가 거대한 자원의 보고가 될 줄이야 누가 알았을까? 제2차 세계 대전 이후 급속한 전략상 방어기지화와 인구증가에 힘입어 건설업과 상공업이 주요산업으로 부상하였다.

1968년 북극해에 면하는 노스 슬로프에서 원유 매장량 96억 배럴로 알려진 대유전이 발견되었다. 이 원유를 대량 수송하기 위하여 태평양 연안의 부동항 벨디스에 이르는 길이 1,280㎞ 지름 1.22m의 알래스카 횡단 송유관을 1977년에 완공 개통하여 하루 200만 배럴의 원유 수송이 가능하게 되었다.

첫날 크루즈는 오래전 인디언 원주민들의 교통수단인 수로로 이용하였던 인사이드 패시지를 천천히 통과하여 북쪽 '하버드 빙하'를 향하여 항해하였다. 크루즈 선상 밖으로 내다보는 자연의 풍광과 청량감이 감도는 알래스카의 바다색은 보는 사람들의 마음까지 시원하게 하여 준다.

해안을 따라가며 울창한 수목림이 하늘을 치솟아 뻗어 있으며 자연 생태계(물개, 바다표범 등등)가 그대로 바다 속에서 지역 주민들의 보호를 받으며 노닐고 있었다. 가는 곳마다 아름다운 빙하와 원주민들의 토템 문화가 살아 숨 쉬는 알래스카의 대자연을 만끽하려는 설레는 마음으로 선상의 하루는 시작되었다. 이번 여행에서 꼭 보고 싶었던 북극의 황홀한 '오로라'의 신비는 그곳 계절과 맞지 않아 아쉽게도 볼 수가 없었다.

'오로라'는 아무 때나 아무 곳에서나 볼 수 있는 것은 아니다. 1년 중 약 5개월간의 겨울철 최 북극지방에 있는 한 지방에서만 볼 수 있다고 한다.

'오로라'의 찬란한 장관을 보고 싶은 꿈에 부풀었지만 그것은 한낮 희망 사항이었을 뿐이다.

첫 번째 닿은 북극의 고장 '캐치칸'

캐나다와 미국의 경계선을 지나가는 인사이드 수로는 자연림의 보고이다.

산마다 질 좋은 천엽송이 빽빽이 하늘을 찌를 듯 자라고 있고 청정해협에서는 세계 연어 생산의 약 80%를 공급하는 수많은 연어와 넙치, 기타 질 좋은 생선이 마음껏 노닐고 있었다. 멀리 바라보이는 이름 모를 수많은 산봉우리 마다 만년설들이 그림같이 그 위용을 과시하고 있었다.

청정의 자연이 살아 숨 쉬는 곳. 이 아름다운 자연의 감동을 나의 부족한 필설로 표현하기엔 너무 부족하여 안타깝기만 하다.

먼먼 아주 먼 옛날 나는 너무도 꿈과 낭만에 취해 살았던 그때가 있었다. 꿈같은 신기루를 찾아 떠다니던 방랑자의 젊은 시절, 그 아쉬움을 이제 황혼의 꿈길에서 나이테만 늙어가는 세월의 소야곡처럼 잔잔하게 글 쓰며 여행하며 살아가고 싶다.

배는 계속 항해하여 그 다음날, 저 멀리 마을이 보이기 시작하더니 첫 기항지인 캐치칸이라는 아주 작은 마을에 정박하였다. 인디언 토템문화의 도시라고 하는 캐치칸은 인사이드 수로를 따라 펼쳐지는 항구로 오직 항공편과 기선만이 교통을 연결해 준다. 천연 항구로서 어업 목재업 광산업 펄프 가공업의 중심지이다. 그 옛날 할리우드 인디언 영화의 세트장을 연상케 하는 아주 작은 마을이다. 가끔 들러주는 크루즈 손님들을 상대로 자기네 손으로 직접 만든 수공예품으로 지역경제의 기반을 닦아간다.

그들만의 삶의 지혜를 터득하며 오순도순 살아가는 전설의 마을 캐치칸을 뒤로하고 배는 기적소리도 요란하게 대망의 하버드 빙하를 향하여 힘차게 전진한다.

알래스카 최고의 절경 하버드 빙하

캐치칸을 출항하여 크루즈 호는 북쪽으로만 항해하더니 드디어 저 멀리서 얼음덩어리가 둥둥 떠내려 오기 시작하였다.

처음에는 점점 조금씩 떠내려 오더니 배가 한 시간 가까이 북쪽으로 올라가니 어느새 흰 얼음 덩어리가 바다 전부를 덮어놓은 듯한 장관을 이루고 있었다. 10만 톤급 웅장한 우리 배는 서서히 그 한가운데를 뚫고 전진하고 있었다. 드디어 아— 저 멀리 거대한 하버드 빙산이 쭉 버티어 있는 자세로 우리를 어서 오라고 손짓하는 듯하다. 그 무슨 조물주의 조화이며 신비인가?

온 세상이 하얀 천지로 변한 듯 한 빙산이 나 여기 있노라 외치며 웅장한 자세로 그 위용을 과시하고 있다. 빙산이란, 피오르드 만에 눈이 쌓이고 쌓여 수백 년 동안에 쌓인 눈이 빙산을 이루었다 한다. 빙산이 깨어져 흘러내리는 것을 빙하라고 하며 그 얼음 조각들이 산산이 부서져 바다는 얼음덩어리의 빙하 위를 우리 배는 서서히 운항하고 있다.

이곳은 알래스카의 백미인 빙산과 빙하를 볼 수 있는 곳으로 세계 최대의 유빙이 움직이는 얼음벽의 거대한 위용을 보려고 관광객들이 모여들고 세계인들의 찬사를 받고 있다. 주기적으로 빙산이 갈라져 떨어지기 때문에 이 갈라지면서 떨어져 내리는 소리는 마치 천둥소리가 나는 듯하다.

수억 년의 세월이 빚어낸 오묘한 조화, 과연 지상 최대의 걸작이다. 이 장엄한 자연의 신비함도 인간이 인간으로 만든 악재로 말미암아 지구 온난화란 무서운 재앙으로 머지않아 사라질 것만 같다. 그러므로 하버드 빙산은 1년에 60m씩이나 서서히 사라져 간다니 안타깝기만 하다.

그 후에 닥쳐올 변화되는 지구의 재앙이나 빙산위에서 서식하는 많은 동물들, 펭귄, 북극곰 등등 배위 갑판위에서 바라보는 나의 마음은 신비로운 감상과 더불어 아쉬움이 교차된다.

망원경으로 바라보니 저 멀리 빙산 언덕위에는 한 무리의 펭귄이 노닐고 다른 한 편에는 북극의 상징인 흰 백곰들이 자기들의 위용을 과시하며 서성거리고 있다.

해안 절벽 위의 도시 주노

해안 산맥의 서쪽 기슭에 피오르드가 발달한 해협에 면해 있는 그림 같은 항구이다. 주노산과 로버츠산이 도시를 받쳐주고 있으며 깎아지른 산 정상으로 콘도라가 운행하며 관광객을 실어 나르고 있었다. 산 정상에 오르니 아래로 훤히 내려다보이는 태평양과 오목조목한 주노 시가지가 한눈에 들어온다.

1880년에 조세프 주노가 금광을 발견하면서 이 지방의 상업 중심지가 되었다. 한때는 광업이 시의 경제를 주도하여 알래스카의 주도가 되었지만 1944년 금광이 폐광되면서 어업, 임업, 수산물 가공업, 관광업에 의존하며 교통수단은 주로 선박과 항공 수단을 이용하고 있다.

주노 메인 시가지는 주로 관광객을 이용한 기념품 가게들이 성황을 이루고 있었다. 우리가 정박하였을 때는 이미 다른 회사 크루즈 선들이 4척이나 와있었고 그 속에서 쏟아져 나온 많은 사람들이 좁은 시가지를 메우고 있었다.

모든 면에서 좁고 척박한 대지, 평평한 땅은 없고 깎아지른 악산과 해안지대의 좁고 거친 환경 조건을 오히려 부가가치가 높은 관광자원으로 바꾸어 놓은 이들의 슬기로운 지혜를 높이 평가하고 싶다. 배는 다음 기착지인 빅토리아를 향하여 고동소리도 요란하게 출항하였다.

주노에서 다음 기항지인 캐나다 빅토리아항까지는 만 하루반이 걸려 도착하는 거리이다. 북태평양을 가로 질러 가는 망망대해. 가도 가도 푸른 바다뿐인 드넓은 바다위에 10만 톤이나 되는 우리 크루즈선은 한 점의 조각배가 떠가는 듯하다. 그 안에 있는 우리 인간들은 웅장한 대자연 앞에 한낱 보잘것없는 존재일 뿐이다. 크루즈 선 안은 마치 인간 전시장을 방불케 하는 듯하였다. 세계 각국에서 모여든 대부분 은퇴 노인들이 남은 인생과 여가를 즐기면서 조용히 여행하고 있다. 이들 모두가 풍요로운 노후 생활을 즐기는 것을 보면서 참으로 이들 노인들은 성공한 인생을 살아왔다고 느껴진다.

서로가 눈만 마주치면 "Hi" 하며 인사하고 실없는 농담이지만 스스럼없이 하면서 지냈다. 배안에서는 저녁마다 만찬이 있는데 갑자기 결혼 축가가 울려 퍼지더니 옆자리에 앉은 두 노인 부부가 신혼여행을 왔다고 한다.

만찬이 끝날 때쯤 그분들께 슬그머니 몇 살이냐고 물으니 신부가 78살이라고 대답한다. 그 나이에도 애정이 싹트는지? 아마도 남은여생을 서로가 의지하며 함께 하려는 노부부에게 진심으로 축하한다고 악수를 청하였다.

어느 날 저녁 만찬에서는 남편이 장애가 있는 부인을 휠체어에 싣고 밀고 들어오고 있었다. 유심히 보니 부인은 심한 중증 장애인이어서 온 몸을 휠체어에 묶고 겨우 기대어 앉아 있었다. 식사도 남편이 떠먹여 주고 음료수도 빨대로 컵에 대고 먹여주는 남편의 모습은 지긋이 애정이 넘쳐흐르는 감동의 장면 그 자체이다. 진정, 부부란 어떤 존재인가? 좋을 때나 슬플 때나 항상 함께 하며 한 몸이 되는 부부의 진리, 단순한 부부철학을 이 아름다운 부부에게서 다시금 배운 듯하다.

크루즈 여행은 세계적으로 인구 고령화와 고소득층 증가 추세에 따라 성장 가능성과 부가가치가 높은 사업으로 미래에 각광 받고 있을 것이다. 하지만 아직은 비용이 만만치 않아 누구나 이용하기는 쉽지 않은 현실이다.

캐나다의 진주 같은 도시 빅토리아

태평양 연안의 해안선을 끼고 장엄하기까지 한 아름다운 풍광과 자연의 경이에 둘러싸인 빅토리아 캐나다에서 가장 온화한 기후인 이 고장은 자연을 사랑하고 여행을 즐기는 이들에게 천국과도 같은 도시이다.

배는 서서히 빅토리아 항구로 진입해 들어오면서 멀리 보이는 산 위에 집들은 마치 한 폭의 풍경화 같은 아름다움이 나를 설레이게 한다.

20여 년 만에 다시 찾아오는 빅토리아 어떻게 많이 변하였을까? 상상의 나래를 펴면서 시내 관광을 하기 위해 배에서 하선하였다.

세계적으로 유명한 '부챠드 가든'은 지난번에 왔을 때 가 보았기에 이번에는 Deluxe City Tour를 하기로 하고 버스에 올랐다. 메인 스트리트를 돌면서 느낀 점은 예전과 별로 변하지 않았다는 것이다. 확실히 옛것을 보존하는데 더욱 정성을 쏟는다는 점이 우리나라와 많이 다르다는 것을 느꼈다.

'빅토리아는 캐나다 안의 영국이라 할 정도로(과거에는 영국령이었기에) 거리나 모든 곳에서도 영국적인 인상이 풍긴다.

중앙 거리 한가운데 고풍스럽게 떡 버티고 있는 'Empress Hotel' 여전히 그 멋스러움과 위용을 자랑하고 있다. 길 건너편에는 오랜 세월의 역사를 간직한 주 의사당 건물, 그 앞 잔디밭 끄트머리에 6·25 한국전란 때 참전하였던 병사들을 기념한 참전비 앞에서는 숙연한 마음을 가다듬으며 잠시나마 이들에게 감사한 묵념을 하였다.(To Our Glorious, 1950~1953)

빅토리아는 캐나다를 방문하는 관광객들은 누구나 제일 먼저 찾아오는 관광요지이며 볼거리가 더 이상의 설명이 필요치 않는 아름다움과 우아함이 조화된 도시이다. 이곳에서 지난번에 가보지 못하였던 빅토리아 Legendary Landmark라 할 수 있는 Craigdarroch Castle에 가 보았다.

18세기 초 Dunsmuir 영국 귀족의 부자가 세운 어마어마한 개인 성이며 요란한 저택의 우아한 건축미는 내 짧은 지식으로서는 무어라 표현할 수가 없었다. 하지만 인생의 허무와 무상이라 할까? 이곳의 성주께서는 이 성을 완성하기 한 달 전에 저 세상으로 가셨단다. 혼자 남은 부인에게 이 성을 다 바치고 저 세상으로 가셨다니 참으로 허망한 부귀영화가 아닌가 생각한다.

긴 세월 공들여 쌓은 성에서 하루도 살아보지 못한 운명 또한 기구하며 혼자 남은 부인은 그곳에서 외롭고 쓸쓸히 20여년을 살다 여생을 마치었다 한다. 부인이 죽은 후 이 성을 나라에 바쳐 지금은 하나의 상징적인 관광명소로(As Historic House Museum) '빅토리아'를 찾는 많은 관광객들의 유명한 명소가 되었다. 한때는 이 고장의 최고의 귀족부

자로 명성과 부를 누렸던 Dumsmuiur가의 슬픈 사연. 인간의 죽음 앞에는 고대광실이 무슨 소용이 있으며 부귀영화가 한낱 풀잎에 이슬과도 같은 허무함이다.

이 슬픈 전설의 웅장한 성을 뒤로하고 우리는 배로 돌아왔다. 오랜 기다림과 감동과 설레임으로 떠났던 알래스카 크루즈 여행도 이제 서서히 막을 내리며 오늘밤을 마지막으로 내일은 그리운 가족이 기다리는 한국으로 간다.

배에서 제공하는 마지막 송별연을 알래스카 바다에서 잡은 연어와 랍스터로 푸짐하게 즐기고 방에 돌아와 다시금 긴 여정에서의 짐을 꾸린다.

영원한 미개척지 알래스카는 무한한 안개 속에 신비로움을 감추고 있다.

뱃고동소리도 요란하게 빅토리아 항구를 울리며 마지막 기착지인 시애틀로 향하였다. 누군가 말했지. 인생은 여행이고 여행은 곧 우리가 살아가는 삶의 과정이고 예술이라고……

2010. 5.

캐나다 주의사당

캐나다 빅토리아 시내

록키 마운틴 전경

Chapter 3

꿈과 낭만이 흐르는 지중해

Dreams and romance flowing
through the Mediterranean Sea

지중해 편

피사의 탑

물의 도시 베니스

지중해 크루즈 여행은 황홀한 꿈의 여정이었다.

오래전부터 계획하였던 크루즈 여행을 남편의 고희를 기념하여 떠나기로 하였으며 호화 유람선을 타고 지중해 여행(15일간)을 한다니 무척 가슴 설레었다.

인천공항을 출발하여 장장 13시간 만에 오랜 전설과 물의 도시 베니스에 도착하였다.

10만 톤의 웅장한 바다위에 떠다니는 선상호텔 '밀레니엄'호 특급호텔을 능가하는 화려한 실내 분위기와 승무원들의 친절은 과연 서비스의 최고 수준이었다. 승선수속을 마친 후 배안에서의 첫 점심 식사는 말 그대로 진수성찬이었다.

식사 후 배에서 제공하는 수상버스를 타고 베니스 관광에 나섰다.

베니스 시가지를 둘로 가르며 'S' 자로 달리는 약 3,800m의 대운하 'Canal Grand' 비포레토를 타고 물에 잠길 듯 말 듯한 수많은 빌딩들을 헤치고 수상보트는 신나게 잘도 달린다. 베니스의 자연 환경과 태양빛이 따가운 지중해의 맑고 푸른 바다, 크루즈 여행이 가져다주는 설레임을 안은 채 기항지마다 다양한 문화를 접하는 정취는 평생 잊을 수 없는 추억이 될 것이다.

유명한 산 마르크 광장과 성서에 나오는 마가의 무덤이 안치되어
있는 산 마르크 대성당을 찾았다. 광장에는 세계 각국에서 찾아오는
관광객들이 인산인해를 이루었으며 이 나라는 조상을 잘 둔 덕분으
로 막대한 관광수입으로 후손들이 덕을 본다는 부러움이 절로 났다.
베니스는 물의 도시인만큼 온 시가지가 수로로 연결되었으며 해마
다 약 5㎜씩 건물들이 물에 잠긴다니(지구 온난화 현상으로) 이 역사적인 고
도古都 베니스의 운명이 참으로 안타깝다.

약 15세기경 독립된 자치적인 주권국가로서 한때나마 지중해의
상권을 장악하였던 찬란한 역사를 가졌던 도시이지만 사라져가는
세월의 힘 앞에 허무하게 침몰하며 그나마 조상들의 남겨준 문화유
산으로 명맥을 유지하는 듯하다.

건물과 건물 사이의 수로로 연결되어 관광객을 실어 나르는 콘도
라 뱃사공들의 노래 소리가 무척 구슬프면서도 낭만적으로 들렸다.

과학이 발달하지 못한 1000여 년 전, 이 깊은 물속에 어떤 공법으
로 설계하였기에 물위에 거대한 도시를 세웠는지 참으로 불가사의
하다.

과거의 문명을 보존하는 옛 왕조시대의 드보르궁전 두칸레궁전
무수한 유리세공 가게들. 17세기의 작가이자 바람둥이인 '카사노
바' 가 투옥되었다가 탈출할 때 이용하였다는 '탄식의 다리' 가 있
었다.

지중해는 세계에서 가장 아름다운 바다이다. 이곳에는 아드리아해 에게해 이오니아해 타레니아해 꼬르다니아해 5개의 보석 같은 바다와 섬들이 장엄하게 펼쳐져 있다. 화려한 역사와 문화 예술의 향기로 빛나는 베니스 관광을 마치고 서둘러 수상버스로 올라타 우리를 기다리는 크루즈 밀레니움호로 승선하였다.

우리가 탄 배는 3시에 배가 출항하는 팡파르 의식이 요란하게 퍼지며 약 1시간 동안 베니스 항을 서서히 빠져나가 아드리안 해협으로 진입하였다.

배 갑판위에서 베니스 시가지를 다시 한 번 바라보며 아쉬운 감회에 젖어본다.

먼 훗날, 역사의 뒤안길에서 홀연히 사라져 물에 잠길 베니스여 잘 있거라!

고도여 영원하라!

아드리안 해 진주 크로아티아

15일간 우리를 태우고 지중해를 항해할 밀레니엄 크루즈(Millenium Cruise, 91000T)는 승무원을 포함한 승선 정원이 3,000명 정도라고 한다.

이 크루즈 선은 거대한 규모에 걸맞게 부대시설도 다양했다. 여러 개의 대 · 소 식당과 극장 영화관 쇼장 카지노 쇼핑몰 3개의 풀장 헬스클럽 미니골프장 무도장 병원 등 완벽한 시설을 갖추었다.

배안에서의 첫날밤을 오랜만에 포근히 자고 일어나 발코니로 나가보니 깜짝 놀랄만한 멋진 풍광이 눈앞에 나타났다. 아드리안해 남단에 위치한 진주 같은 나라 크로아티아 드보르니크에 입항하였다. 배가 출항하여 처음 닿는 곳인 만큼 새삼 감회 어린 시선으로 바라보았다. 성곽이 돌로 단단히 쌓여진 천연요새 절벽을 보며 이 나라가 오래전부터 외부 침공을 철저히 막아낸 흔적이 엿보였다.

1991년 유고슬라비아 연방국에서 독립하여 자치 국가를 이루었으며 세르비아와 몬테네그로의 침공으로 많은 손상을 입었지만 아직도 14, 15세기의 찬란하였던 흔적들이 고스란히 남아 있다.

드보르닉은 도시 전체가 박물관이며 유네스코 문화유산으로 지정되어 있다.

크로아티아 제1관광지인 달마시아 해안의 항구 외각에 뻗어 있는 요새 같은 야트막한 발칸반도에는 아름다운 별장지대가 펼쳐져 있다.

이 휴양지에는 수많은 요트와 고급 승용차들이 즐비한 풍요로운 모습을 보면서 이 나라가 불과 몇 년 전에 못살던 공산국가였었나 하는 의구심이 생겼다.

선상 위에서 가족들과의 전화 통화

다음날 아침 선실내의 전화가 요란히 울려 받아보니 먼저 아들네 가족의 전화였다. 다음 딸네식구의 전화다. 지중해 한 가운데 떠있는 배위에서 자식들과 전화통화 한다니 너무 반갑고 깜짝 놀랐다. 새삼 현대 과학 문명의 경이로움에 찬사를 보낸다.

에메랄드빛 아드리아해와 에게해를 지나 그리스의 파라우스항(아테네)을 향하여 하루 종일 항해하였다.

배 위에서 휴식을 취하며 수영과 사우나를 하면서 오랜만에 여유로운 시간을 즐겼다. 선상위에서 서로 마주치며 지나가는 외국 사람들과 Hi 하며 미소 짓고 때로는 실없는 농담과 관심 있는 대화도 나눌 때는 과연 세계는 하나라는 표현이 실감났다. 크루즈 여행이란 시작에서 끝날 때까지 같은 객실을 쓰고 자고나면 기항지가 바뀌는 등 세상에서 가장 편리한 여행이며 아마도 인간이 창출해 낸 여행의 최고의 극치이며 예술이다.

저녁 만찬에는 승선원 전부 정장차림으로 입장하여 선원 소개와 특별한 이벤트를 하는 만찬이기에 특히 여성들은 요란한 드레스와 한국여성들은 한복으로 저마다의 멋을 뽐내었다. 식사 후에는 대극장에서 브로드웨이 쇼를 관람하고 돌아와 객실에서 남편과 함께 객실 앞 베란다에서 승선 기념으로 받은 샴페인으로 우리만의 행복한 낭만의 밤을 즐겼다.

　　지중해의 밤바람과 함께 신이 우리에게 베풀어준 감미롭고 황홀한 이 순간에 더욱 감사하며……

오랜 역사를 간직한 아테네

　드디어 배는 그리스의 수도 아테네에 도착하였다.

　배 위에서 바라보는 아테네 시가지는 조금 삭막하고 산에는 나무 한 그루 없는 메마른 도시 같은 인상을 주었다. 차를 타고 시내로 진입할수록 산언덕에 아테네의 심장인 아크로폴리스와 고대 유적들과 거대한 석주들이 늘어선 웅장한 파르테논 신전이 우리를 위압했다.

　세계문화유산 제1호인 아크로폴리스 신전은 아테네의 수호신 여신 아테나를 모신 성소이다. 세계문명의 발상지가 이곳에서부터 시작되었다는 그리스인들의 자부심을 조금은 알 것 같았다. 고대 아테네는 아크로폴리스 신전을 중심으로 도시가 발달되었다.

　그곳 아래 자그마한 언덕에 아레우스 빠스크에서 사도 바울이 첫 연설을 하였다는 동판이 돌 벽에 박혀 있어 마치 성지순례를 온 느낌이었다.

　언덕 북쪽에 위치한 박물관을 견학하고 조금 내려오니 좌측 숲 속에 소크라테스가 갇혔던 감옥으로 추정되는 석굴이 있었다.

　세계 4대 성인으로 추앙 받았던 소크라테스는 그 시대 부정한 야심가들의 모함을 받아 죽음을 당했다. 평소 '너 자신을 알아라' 하는 말은 모든 진리의 기초를 도덕에 두어야 한다고 청년들에게 용기와 힘을 주었던 명언이었다.

유럽 문화의 뿌리이며 주류인 파르테논 신전은 BC 4세기경에 페리그라우스가 설계했고 조각가 피아디아스가 총 15년이나 걸려 건축 하였다.

파르테논 신전은 역사의 흐름과 함께 신전에서 교회로, 사원으로 사용되다 나중에는 터키인들의 화약고로 이용되기도 하였다.

1687년, 급기야는 베네치아인들의 쏘아올린 대포로 인해 결국 이곳은 파괴되어 앙상한 기둥만 남아있는 슬픈 역사를 간직하고 있다.

그리스인들의 예술적인 업적과 찬란하였던 과거를 상징하는 귀중한 보물이 인간들에 의해 파괴되었으며 지금은 기둥 몇 개만 남아 있다. 이 폐허뿐인 비운의 유적지가 그리스 관광 수입의 25%를 기여하고 있다니 얼마나 아이러니한가?

각 신전들을 돌아보며 그리스는 신의 나라요, 신화는 역사의 시작이요 끝이며, 신은 진리요, 예술이요, 사랑이라는 것을 느꼈다.

신들의 제왕(Zeus) 바다의 신 포세이돈(Poseidon) 사랑의 신(Eros) 태양의 신(Apollo) 신들은 부지기수다. 우리 일행은 로마문명과 간다라 예술, 에게문명의 산실인 아테네 시가지를 돌아보며 무언가 부인할 수 없는 나만의 안타까움에 젖었다. 인류문명의 최초의 발상지이면서도 그 영화는 홀연히 역사의 뒤안길에서 쇠태하여 가는 아테네 신화와 올림픽 유럽문명의 고향인 성지 아테네를 뒤로하고 우리를 태운 배는 다음 기항지로 향하였다.

전설과 신비의 섬 산토리니

아테네에서 약 9시간 만에 에게해 바다 한 가운데 배는 정박하였다. 갑판 위에서 바라보는 산토리니 섬은 하얀 진주 보석과도 같고 백설마을과도 같았으며, 이 섬은 3500년 전에 화산이 터져 생긴 화산 섬이다.

에게해의 눈부신 에메랄드빛 푸른 바다, 하얀 절벽 위에 낭만적인 이국적 풍광은 너무도 나를 매혹시켰다. 큰 배는 선착장 시설이 잘 안되어 있어 정박할 수 없기에 작은 보트를 타고 섬의 남쪽 선착장으로 가서 깎아지른 절벽위의 마을로 케이블카를 타고 올라갔다.

섬의 수도격인 '파라' 마을은 해발 300m의 절벽위에 있으며 좁고 꼬불꼬불한 골목길에는 토산품점, 카페, 음식점들이 옹기종기 모여 그들만의 삶을 억세게 살아가고 있었다.

예전에 이 땅의 사람들은 척박한 섬에서 농사짓고, 배타고 고기 잡고 장사도 하면서 애환의 세월을 살아온 모양이다.

인구 1만 미만의 절해의 고도, 산토리니는 오늘날 현대문명의 은덕을 입어 수많은 크루즈 선의 기항지가 됨으로써 세계 부호들의 관광지가 되어 점차 에게해의 낙원이 되어가고 있었다.

짙푸른 바다의 풍광과 에게해 바다 한 가운데 우뚝 서 있는 외딴 섬, 아틀란티스 왕국의 전설을 되새기며 안녕! 외로운 섬 산토리니여!

배는 다음 기항지인 나폴리로 힘차게 항해하며 간다.

미항 나폴리와 비운의 도시 폼페이로

배 안에서의 무료함을 달래기 위해 우리 일행은 한방에 모여 노래 방기로 돌아가며 노래자랑을 하면서 긴 여행의 회포를 풀었다. 같이 동행한 관광회사 사장님이 준비해온 비디오로 한국영화도 감상하며 우리만의 이벤트를 즐겼다. 밤사이에 시칠리아섬 남단을 돌아 내일 아침에 나폴리에 정박할 예정이다. 시칠리아는 이탈리아 반도의 끝자락에 위치한 섬이며 세계적 마피아의 발상지이기도 하다.

드디어 크루즈는 세계 3대 미항 중의 하나인 나폴리 항에 도착하였다. 크루즈 갑판 위에서 바라보는 나폴리 시내는 그 명성만큼 아름답지 못하고 기대에 어긋나는 첫 인상에 약간 실망스러웠다.

이 도시는 고대 식민지로 출발하여 기원전에 이미 로마의 땅이 되었던 곳이다. 로마 멸망 후 이탈리아가 독립할 때까지 1400년간을 도시국가로 명맥을 유지해온 곳이다.

나폴리는 주변에 풍광이 아름다운 소렌토 폼페이 카프리섬이 있기 때문에 그나마 미항의 명성을 유지했지만 화려했던 역사의 뒤안길에서 서민들의 애환이 얼룩진 소매치기와 집시의 천국이 되어 있었다.

우리 일행은 나폴리 시내 관광은 하지 않고 곧바로 비운의 도시 폼페이로 향하였다. 해안가 길을 따라 차는 달리는데 아름다운 지중해의 풍광은 무척 나를 매혹시키면서 한편 지중해 한 가운데서 억울하게 아들의 손에 죽은 네로 황제의 모후가 눈을 부라리며 벌떡 솟아오르는 듯한 망령이 그 어떤 환상 속에서 나를 놀라게 한다.

나폴리는 네로 황제가 자기 어머니 아그리피나를 암살한 곳이기도 하다. 네로는 정치에 사사건건 간섭하는 모후를 제거하기 위해 계획적으로 연회를 베풀고 끝난 다음 자기 부하를 시켜 배를 태워 바다 한가운데로 유인한 다음 물막이를 뽑아 배를 침몰 시킨다. 그러나 모후는 익사하지 않고 헤엄쳐 살아나온 것을 안 네로는 검객을 시켜 암살하였다는 비정의 황제였다.

아그리피나는 전 남편의 자식인 네로를 데리고 크라우디우스 황제의 계비로 들어가 남편인 황제를 암살한 것으로 알려진 독녀.

그녀는 크라우디우스 황제의 자식을 제치고 자신의 아들인 네로를 황제로 만든 여걸이지만 네로는 그런 은덕을 배반한 채 자신의 모후를 자신의 손에 죽임을 가했으니 참으로 비정의 아들이다.

이 실화는 권력의 속성이 얼마나 무참한가를 오직 권력에는 부모도 자식도 눈물도 인정도 없는 비정의 화신이라는 인간본능의 야비한 속성을 드러내는 일면이다. 일세를 풍미하던 영웅호걸도 다 저 세상으로 가야만 하는 우리 인간들! 한순간을 살다가는 우리들의 삶이 비애롭기만 하다.

지중해 에게해 바다는 고기가 없다. 항구마다 비릿한 냄새가 나야

하는데 고기가 없으니 아무런 생선 냄새도 나지 않고 물이 너무 맑다. 물이 맑으면 고기가 먹을 것이 없어서 모여들지 않고 살지 못한다. 사람도 조금은 털털하고 빈듯해야지 너무 맑고 간간하면 주위에 친구가 없고 외롭다는 이치를 다시금 느끼며 나 자신을 반성해 본다.

나폴리 동남쪽 폼페이로 차는 향하였다 해안가로 난 길가엔 흐드러진 지중해 꽃들과 만지송 사이로 저 멀리 베스비오 화산(1,277m)을 바라보며 차는 달렸다. 오래전 고대 로마의 휴양지로도 유명했던 이곳은 화산재로 인해 땅속에 파묻혀 버린 도시이다.

폼페이는 BC 8세기경 그리스의 식민지로 출발하여 BC 3세기경에는 로마에 병합된 인구 2만 명 정도의 도시였다. 베스비오 화산 분화를 제일 먼저 목격한 유일한 현장 증인은 당시 18세 소년 프리나므스이다.

그의 기록을 옮기면, 서기 79년 8월 24일 하루 종일 계속된 지진에 이어 오후 1시경 대진동과 함께 폭발이 일어났다.

불덩어리가 비 오듯이 쏟아지는 화산재가 온 마을을 덮고 바람은 폼페이 쪽으로 불어 대낮인데도 캄캄한 생지옥이었다. 화산재와 용암은 시간이 지날수록 온 시가지를 덮고 모든 생명들은 질식사 시켰다고 한다.

희생자 수는 2,000명 혹은 5,000명이었다고 하며 막판에는 비까지 계속 내려 모든 만물이 돌처럼 다 굳어 버렸다. 폼페이는 그 후 무심한 오랜 역사 속에 묻혀버렸다가 18세기경부터 발굴이 시작되어 오늘에 이르렀다.

폼페이의 재앙은 인간의 무지로 인명피해가 더 컸으며 결코 신의 저주를 받은 땅은 아니다. 그 시대에 화산에 대한 정보와 사전 지식이 없어 예방하지 못하고 충분히 대피하지 못한 원인이 한 시대의 비극으로 1700년간 땅속에 파묻혔다 다시 세상에 모습을 드러낸 억세게 운이 나쁜 도시일 뿐이다.

1748년 발굴 작업으로 다시 모습을 드러내기 시작한 폼페이 시가지는 마치 옛 로마의 축소판인 듯 했다. 질서 정연하게 바둑판처럼 잘 정비되어 있었으며 돌로 포장된 도로를 따라 한참 들어가니 시민 포럼이란 광장이 나타났다. 이 광장에서 그 시대의 시민들은 정치, 경제, 종교 활동의 공공장소로 활용하였으며, 이곳에는 쥬피터(Jupiter), 아폴로(Apollo) 등 여러 개의 신전도 있었다. 이 도시는 동서로 길게 타원형을 이루고 있었으며 인도와 마차가 다니는 길이 분리되어 있었다. 도시 중심부에는 귀족과 대 부호들의 호화스러운 저택과 사우나 시설들 참으로 짜임새 있게 세워진 2000년 전의 슬기로운 이곳 문명의 한 단면을 보는 듯 했다.

소렌토와 카프리 섬으로

　우리나라의 작은 간이역 같은 폼페이 역에서 기차를 타고 아름다운 지중해 휴양도시 소렌토로 갔다 이태리 민요 '오솔레미오'의 고장 저 멀리 수평선을 바라보며 달리는 기차속의 우리 일행은 아름다운 자연에 도취하여 누가 먼저 시작하였는지 오솔레미오를 합창하였다. 이태리 부호들의 별장이 해안지대에 그림같이 있으며 그 별장 또한 독특한 건축양식으로 이채롭게 지어진 아름다운 별장도시 소렌토는 나폴리와는 판이한 인상을 주었다.

　소렌토에서 유람선을 타고 약 40분을 달려 지중해의 보석 카프리로 향하였다. 검푸른 바닷물과 유람선 후미로 토해내는 하얀 물거품을 하염없이 바라보고 있노라니 저만치 카프리 섬이 보이기 시작한다.

　섬 전체가 하나의 용암이라더니 정말 보석 같은 섬을 만나는 마음은 낙원을 발견한 듯하다. 카프리는 소렌토 반도의 앞바다와 티레니안 해안 나폴리 입구에 위치한 작은 섬으로 카프리와 아나카프리 두 지역으로 되어 있다. 아나구스트 황제와 티베리우스 황제의 별장지가 남아있고 우리나라의 카프리 맥주의 CF를 찍은 장소이기도 하다.

카프리섬 선착장 마리나그란데 항구에서 나를 놀라게 한 것은 깎아지른 절벽이었다. 그 위를 꼬불꼬불 돌아 180도 수직으로 산 정상까지 미니버스를 타고 아슬 아슬 올라가야만 했다. 손에 땀을 쥐고 숨도 제대로 쉬지 못하고 케이블카 타는 산 정상까지 올라가는데 이 도로가 건설되기까지 100여명의 목숨이 꽃처럼 지중해 바다 속으로 바쳐졌다니 그 희생 뒤에 우리 같은 관광객이 이 천하 절경을 보러 모여들 수밖에……

아나카프리에서 내린 우리는 다시 정상까지 리프트를 타고 올라가야만 했다. 카프리 최고봉 솔라로산 정상까지 오르니 섬 전체가 한눈에 들어오고 짙푸른 지중해의 잔잔함이 더 없이 평화롭다. 그토록 많은 인명피해를 내면서 아름다운 카프리섬을 개발한 이유를 산 정상에서 알 것만 같다.

아우구스트 황제시절 몇 배나 큰 아스키아 섬과 바꾸자는 제의를 거절했다는 지중해의 보석 카프리 섬을 뒤로하고 유람선을 타고 크루즈선이 정박한 나폴리로 돌아왔다.

역사의 도시 로마

크루즈는 서서히 로마 외각 시베타지 항구에 입항하였다. 12년 만에 다시 찾은 로마는 과연 어떻게 변하였을까?

무한한 설레임을 안고 배에서 내려 기다리던 버스에 올라 로마로 향하였다.

버스가 고속도로를 달리던 중 갑자기 차가 쿵쾅거리더니 앞바퀴가 펑크 나면서 운전기사의 노련한 운전으로 대형사고가 날 뻔한 걸 막았다. 우리 일행은 버스에서 내려 고속도로 언덕 아래로 내려가 어찌해야 할지 난감해하던 차에 마침 뒤따라오던 다른 한국 여행객들이 탄 버스가 우리를 발견하여 그 버스에 올라 로마 시내까지 함께 동승할 수 있게 되었다. 외국에서 동포애란 이렇듯 가슴 뜨겁게 고마울 수 있을까?

진정 그분들께 감사드린다.

우리 일행은 모두들 안도의 한숨을 쉬면서 오늘 우리가 과연 운이 좋은 하루였는지, 나쁜 하루였는지 분간할 수가 없다며 한바탕 웃고 농담할 여유를 가지며 로마 관광을 하기 시작하였다.

로마란 유럽 여행을 한 사람이라면 거의가 들러 관광하는 곳이기에 내가 따로 긴 설명은 필요 없겠지만 기독교인들이 목숨 걸고 전도 활동을 하였던 성지 로마이며 세계가 자랑하는 문화유산이 간직되어 있는 도시이다.

　　이 고적지를 그대로 보전하기 위해 1년 관광수입(300억불)의 돈이 모자라 오히려 유네스코에서 보조받아 보수하고 유지 한다니 참으로 이 나라 문화유산과 고적을 아끼는 정책은 경탄을 금치 못한다.

　　로마에는 베네치아 광장 스페인 광장 트레비 분수 유태인 노예 4만 명을 동원하여 AD 80년에 완공했다는 콜로세움 바티칸 시국 같은 유명한 관광지가 즐비하다. 특히 지하무덤인 까다콤베(Catacombe)는 기독교 박해 때 기독교인들이 신앙과 목숨을 부지하기 위해 지하 땅굴에 몰래 숨어 들어가 두더지 같이 생활하며 신앙을 지킨 곳이다.

　　기독교는 그렇게 해서 시련기를 이겨내고 유럽에서 아니 전 세계에 꽃을 피운 곳이며 로마에서 목숨 건 전도 활동을 한 기독교 성지이다.

　　로마에는 세계 가톨릭 총 본산인 바티칸 시국이 있다. 바티칸 시국 성 베드로 성당 내부시설의 예술성은 과연 건축미의 압권이다. 성 베드로 성당 지하에는 베드로의 무덤이 안치되어 있으며 또 예수님을 매달았던 십자가와 예수님을 찌른 창과 역대 교황들의 관들도 보관되어 있다.

이태리는 유명한 레오나르드 다빈치와 미켈란젤로 단테 같은 숱한 천재들이 르네상스의 꽃을 피운 무대이기도 하다.

그 화려하였던 영웅들의 영혼이 고대 유적들 속에 살아 숨 쉬고 있는 역사의 도시 로마를 떠나 우리는 르네상스의 발상지인 피렌체로 가기 위해 크루즈 선에 승선하였다.

문화의 향기 가득한 피사와 피렌체로.

문화와 꽃의 도시 피렌체

크루즈 선은 밤새 항해하여 다음날 새벽 피렌체 외항인 리보르노 (livomo)항에 기항하였다. 이 항구는 작은 포구이지만 지중해를 드나드 는 세계 각국의 배들이 잠시 들렀다 가는 바다의 길목과도 같은 역할 을 하는 곳이기도 하다.

배에서 내리니 이미 우리 일행을 안내할 가이드가 기다리고 있었 다. 이분은 이태리에서 성악 공부를 하는 아주 박식한 유학생인데 우 리의 4박 5일간의 이태리 관광을 성의껏 안내해 주었던 분이다.

어제 저녁 로마 관광을 마친 뒤 우리와 함께 크루즈를 탈 수 없어 기차를 타고 이곳으로 와 합류하니 잠깐의 이별이지만 아주 반가 웠다.

전용차 편으로 약간 기울어진 피사의 탑으로 유명한 고도로 먼저 향하였다. 피사의 사탑이 있는 두오모(성당) 광장에는 피사 대 성당과 세례당 종탑이 있다.

피사의 사탑은 피사가 시칠리아 섬의 팔레르모에서 이슬람과의 전쟁에 승리한 기념으로 세웠다고 하는데 이 지방 아르노 강의 퇴적작용에 의해 일 년에 1㎜씩 기울어 가는 것을 막기 위해 별 공법을 다 썼지만은 소용이 없다가 근래에 최신 공법으로 탑 밑 지하에 콘크리트를 부어서 굳히는 철저한 공법으로 탑이 더 이상 기울어지지 않는다니 참으로 다행스러운 일이다.

피렌체는 문예부흥이 일어나고 한때 유럽의 가장 큰 문화와 상업의 중심지였다. 1860년 사보이 왕가에 의해 통일이 되면서 이탈리아란 이름이 되었고 특히 메디치 가문은 당시의 왕들에게도 금화를 빌려줄 정도로 재력이 풍부한 은행 역할을 하였다 한다. 산타 마리아 성당은 네오 10세 교황에 의해 마리아가 처음으로 성인(성령, 무태, 잉태)으로 모셔진 유럽에서 세 번째 큰 성당이다.

미켈란젤로, 레오나르도 다빈치, 라파엘로를 비롯한 예술가들을 불러 모아 환상의 아름다운 도시가 될 수 있었던 것 역시 메디치 가문의 부가 중심이 되어 이들에게 도움을 주었기에 세계적인 예술가가 탄생되었다고 한다. 이탈리아 피렌체 공화국을 실질적으로 통치하면서 학문과 예술을 후원한 귀족 가문이다.

이탈리아의 르네상스는 메디치에서 비롯되었다는 말이 나올 정도로 전폭적 지원을 아끼지 않았다. 상인으로 출발해 메디치가는 14~15세기 금융업 등을 통해 거부를 쌓았으며 르네상스 시대 대표적 예술가들이 메디치가의 후원을 받아 주옥같은 예술작품을 남겼다. 메디치가는 수많은 서책을 수집, 도서관을 지어 보관했다. 이 때문에 유럽 전역에서 학자, 예술가들이 피렌체로 모여 들었고 르네상스 예술이 만개했다.

피렌체가 낳은 천하의 신곡 지옥과 천국을 쓴 단테의 집, 좁은 골목을 찾아왔다. 단테가 애인 베아트리체를 처음 만났던 베키오 다리를 걸으며 애인과 사랑을 나누었던 장소와 단테의 집 앞에서 홀로 감미로운 사색에 잠시 젖어 보았다.

중세 때 놓인 다리로 '오래된 다리' 라는 뜻을 가졌단다. 천재인 단테는 평생을 베아트리체에게 향한 마음을 접지않고 후일 단테의 예술혼을 불태워 불후의 명작 지옥과 천국을 집필하지 않았을까? 끝없이 이어지는 공상의 나래가 노스텔지어에 젖은 나의 감성을 멈출 줄 모르게 한다.

르네상스의 어원은 옛날로 돌아가자. 피렌체에서부터 시작된 이 운동은 전 유럽에 퍼지며 르네상스의 물결이 귀중한 그곳 문화유산을 보존하는데 큰 역할을 하였고 덕분에 후손들이 그 막대한 관광 수입으로 부를 이루며 먹고 사는 것을 볼 때 한편 부럽기도 하였다. 과거와 현재가 공존하며 잘 조화를 이루어가며 사는 곳.

수많은 전설의 역사를 품고 살아가는 고도 피렌체를 뒤로하고 크루즈가 있는 리보르노 항으로 돌아간다. 내일의 일정 모나코, 니스, 칸느로 향하기 위해 피렌체여 안녕!

도박과 신비의 나라 모나코와 니스 칸느

크루즈 여행 일정도 거의 막을 내릴 때가 되었나 보다.

어제 저녁에는 배에서 제공하는 Farewell Party를 요란하게 베풀어 주었다. 우리 일행도 돌아가며 와인을 사서 권하면서 흥겨운 선상위의 만찬을 마음껏 즐겼다.

배는 남 프랑스의 니스와 모나코 사이에 있는 아름다운 진주처럼 박혀 있는 작은 항구에 정박하였다. 우리 버스는 알프스 산자락을 굽이굽이 돌아 도박과 환락의 도시 모나코로 왔다. 관광과 카지노 수입이 넘쳐나 이 나라는 세금도 없고 병역도 없으며 프랑스의 보호국으로 국방과 경제가 안정되어 있는 만인이 추구하는 유토피아 나라다. 모나코는 인구 3만 명에 약 2천 평방km의 작은 도시국가이다. 이 도시는 궁전이 있는 구 시가지를 모나코라고 하고 동쪽의 고층 호텔이 즐비한 신시가지를 몬테카를로(Monte Carlo)라고 한다.

모나코가 세계에 더 알려진 것은 1959년 레이니에 3세가 미모의 미국 영화배우 그레이스 켈리와 세기적 결혼으로 화재를 불러 일으켰던 나라이지만 그는 애석하게도 자동차 사고로 비운의 왕비로 일찍 생애를 마감했다.

남 프랑스 제일의 관광도시 니스(Nice)

끝없이 펼쳐진 해안가 길을 따라 고층호텔과 고급 카페, 상점들과 각종 야자수가 즐비한 해변에는 남국의 풍광과 낭만이 어우러진 한 폭의 그림 같다.

니스에서 모나코 쪽으로 약 50㎞ 가면 샘플 드 방스라는 그림 같은 언덕에 화가들의 마을이 있으며 그곳에서 그들은 미술활동을 하며 모여 살고 있다.

그림 값이 만만치 않아 우리 같은 여행객들에게는 그림의 떡이기만 하다.

그 옛날 화가가 가난하였던 시절에 돈이 없어 식당에 가서 그림 한 점 내놓고 밥값으로 지불하였던 그림들이 지금은 그 식당의 귀중한 보물로 전시되어 있는 것을 볼 때 세상만사 참으로 격세지감을 느낀다.

유럽 최고의 해변 휴양지이며 지중해의 보석 같은 풍광을 담고 니스를 떠나 우리는 이번 여행의 마지막 기항지인 스페인 바르셀로나를 향하였다.

지중해 여행의 종착지 바르셀로나

배는 스페인을 향하여 지난밤에 이어 하루 종일 항해하였다. 지중해의 검푸르고 잔잔한 쪽빛바다, 바다 한 가운데 유유히 떠가는 듯한 거대한 호텔 크루즈 선. 대망의 지중해 여행도 내일이면 아쉽게도 막을 내린다.

이번 여행에서 우리는 아드리아해와 에게해, 이오니아해와 티레니아해, 꼬뜨라 쥐로해 등 다섯 개의 아름다운 바다를 지나쳐 왔다. 하루 종일 항해하면서 배위에서 수영도 하고 사우나도 하면서 그동안 정들었던 낯익은 여러 외국 사람들과도 이별의 아쉬움을 나누며 언젠가는 또다시 만나자는 기약 없는 약속의 포옹도 하였다.

그날 밤 우리 방 베란다 벤치에 앉아 남편과 같이 이 여행을 건강하게 무사히 마치게 하여주신 하느님께 감사기도 올렸다.

지중해 검푸른 물결 위를
장엄하게 헤쳐 가는 수상 호텔 밀레니움
꿈엔들 그리던 찬란한 여정

하늘의 찬미인가?

신의 축복인가?

숨 막힐 듯 감사가 넘치는 이 순간

영원히 영원히 간직 하소서.

크루즈 선상 위에서

배는 드디어 종착지 바르셀로나 항에 입항하였다.

전날 문 밖에 내놓았던 짐들은 이미 배 밖으로 내놓아졌고 아침 식사 후 그동안 우리들에게 성의껏 서비스 해 주었던 승무원들에게 감사의 인사와 아쉬운 이별의 정을 나누며 12박 13일간의 많은 추억 거리를 함께 안고 배에서 하선하였다.

부둣가에는 대도관광에서 준비한 버스가 우리를 마중 나와 기다리고 있었고 제일 먼저 이곳 관광에 나선 곳은 이 나라가 자랑하는 명소 몬세라트 800m 고지 정상에 오르니 신선이 따로 없었다. 바위산 위에 우뚝 솟은 수도원은 신의 축복으로 빚어 놓은 예술작품의 극치였다.

수억만 년 전에 이곳이 지중해 바다 속이었는데 화산에 의한 융기로 튀어 올라와 이리도 기막힌 바위산 예술품이 탄생해 지금은 바로셀르나의 관광 명소로 찬사를 받고 있다.

산에서 내려오는 절경 또한 기막히다. 지중해 바다를 품에 안고 바라보며 시내로 와서 스페인이 낳은 세계적인 미술가 피카소 박물관을 견학 하였다.

그의 대표작인 게르니카와 유년시절부터 대성한 후 또 고뇌에 찬

시절부터 말년에 이르기까지 총 2,500여 점이 전시되어 있었다.

바르셀로나가 낳은 불세출의 건축가 가우디의 기념비적인 대표작이 있는 성 가정 성당(사그라다 파밀리아)으로 갔다. 이 성당은 107m의 높이에 시내 어디에서나 볼 수 있으며 특히 성당 외벽에는 예수님의 12제자와 함께 최후의 만찬을 세밀하게 조각한 그의 예술 작품의 극치인 건축물이 조각되어 있었다. 이 성당은 1882년에 착공하여 120년이 지난 현재까지도 건축이 계속 되어 있다.

가우디는 평생 미혼으로 가족도 없이 살면서 오로지 필생의 사업인 건축 예술에만 열과 혼을 다하며 살다간 사람이다. 말년에 온 재산을 성가정 성당 건축 헌금으로 기부한 후 성당 한 구석에서 숙식을 하다 다리가 불편한 몸으로 교통사고를 당해 끝내 유명을 달리했다. 길거리에서 객사하여 허름한 행색에 부랑자처럼 보였기에 병원에서도 처음에는 그를 알아보지 못하였다 한다. 우리는 부둣가에 있는 아늑한 호텔에서 1박 한 후 다음날 한국으로 돌아가기 위해 아침을 맞이하였다.

공항으로 가기 전 1992년 우리나라 마라톤 선수 황영조가 우승의 월계관을 썼던 올림픽 경기장을 둘러보았다.

그때 아무도 예상하지 못하였다는 동양의 조그만 선수가 금메달의 월계관을 썼을 때 감격을 상상하며 약간 눈시울이 젖었다.

마라톤 우승의 역사 현장인 몬주익 언덕길을 오르는 좌측에는 황영조 선수가 달리는 모습이 새겨진 부조석이 있으며 그 옆에는 그날의 영광을 기리는 조병화 시인의 시비도 있었다.

여행이란 항상 떠날 때는 설레임과 끝날 때는 아쉬움만 남기고 돌아오고 또 다시 미지의 세계로 달려가고 싶은 우리 살아가는 삶의 빼놓을 수 없는 값진 여로이며 활력소이다.

스페인이 낳은 불세출의 건축가와 세기의 천재화가 피카소의 영혼들이 살아 숨쉬는 바르셀로나항을 떠나 암스테르담을 경유하여 15일 만에 내 가족이 기다리는 그리운 서울로 향하였다.

꿈과 같은 지중해 여행의 대장정을 마감하며 비행기 속에서 그동안 지나온 아름다운 정경들이 파노라마처럼 눈에 아롱거린다.

Chapter 4

순수한 자연과 청량감이
넘치는 북구라파

Pure and fresh nature overflowing
northern Europe

북구라파 편(덴마크)

덴마크 인어공주 상에서

소박한 덴마크의 왕궁

북유럽의 관문 덴마크

코펜하겐의 상큼한

바다 향기와 맑은 공기는

긴 비행의 피로를 말끔히 씻어준다.

조용하고 아늑한 거리에는

사람 흔적보다 자연의 멜로디만

들리는 듯하다.

보통 집 저택 같은 아말리엔보르 궁전

이 나라의 임금님은

저리도 소박할 수 있을까?

랑겔리니 거리에 있는 인어공주를

만나러 갔다. 애잔하고 슬픈 그 모습

바닷가에 외롭게 앉아 있는 자태

안데르센 동화 속에 공주를 만난 듯하다

아름답고 슬픈 전설의 인어공주

가슴 아픈 사연과 백야의 하얀 밤이

나를 손짓한다.

1990년대 초, 북유럽 여행은 모든 여행마니아들의 로망이었을 것이다.

유럽 여행을 떠나는 사람들 대부분이 서유럽을 먼저 찾고 후에 북유럽을 여행하는 데에는 타 유럽보다 지리적 여건이나 고물가, 척박한 기후 환경 탓에 덜 찾는 이유 중에 한 몫을 하고 있다. 너무 매섭고 추운 겨울 날씨 때문에 거주민들이 적었던 탓에 오히려 전화위복이 되어 대자연이 인간의 손때가 덜 묻은 원시적인 모습으로 잘 보전되어 있었기에 지금은 오히려 좋은 관광자원의 보고가 되어 있다.

오래전 기행문을 일일이 메모해 두었다가 이제야 정리하며 기록해 보려니 때로는 그 지역이 뚜렷해지기도 하고 희미한 기억 때문에 무척 애태우며 기억을 되살려 쓰느라 힘들었던 점 양해 구한다. 말 그대로 주마간산 수박 겉핥기다. 찬란한 여름과 백야 어두운 겨울과 흑야가 공존하듯 그들의 융숭한 자연과 여유로운 삶이 몹시 부럽다.

북유럽 하면 보통 덴마크, 스웨덴, 핀란드, 노르웨이를 말한다. 위치상으로는 노르웨이, 스웨덴, 핀란드가 스칸디나비아반도에 함께 있으나 언어 인종으로 볼 때는 오히려 노르웨이, 스웨덴, 덴마크가 비슷하고 핀란드는 다르다.

덴마크는 게르만 계통의 북유럽 인종에 속하며 언어의 기원도 다르다. 그러나 역사의 깊은 연관성으로 인해 네 나라는 문화적, 정치적, 사회적으로 비슷한 점이 많다. 또한 북유럽 네 나라는 한때 하나의 왕국을 이룬 때가 있었다.

북유럽 여행을 준비하는 과정에 제일 먼저 그곳에 대하여 정보와 상식을 많이 공부하는 것이 필수이며 또한 좋은 계절과 시기를 잘 선택해야만 한다.

이번 여행의 일행 중에는 대부분 나이 드신 어르신들과 그 중에 남편친구 부부도 함께 동행 하였기에 별 무리 없이 다닐 수 있을 것 같아 다행스러웠다.

백야가 손짓하는 7월초, 북유럽의 관문인 덴마크로 떠나기 위해 김포공항으로 향하는 나는 한없이 설레이며 마음은 이미 그곳에 가 있었다. 덴마크로 가는 직항로가 없던 시절이라 김포공항에서 KAL을 타고 일본 하네다 공항에서 1박하고 다음날 독일 비행기 르프트 한자를 갈아타고 12시간의 비행 끝에 덴마크의 수도 코펜하겐에 오기까지 만 2일간의 긴 시간이 걸리던 시절이었다.

첫 기착지인 코펜하겐 공항에 내리니 북유럽 특유의 상큼한 향기와 바닷바람이 어우러져 긴 여독에 지친 몸을 풀어주었다. 공항에 마중 나온 안내자를 따라 잠시 쉴 틈도 없이 코펜하겐 관광에 나섰다. Denmark, 인구 550만의 평온하고 단정한 느낌이 드는 작은 나라의 첫인상이 내 마음을 편안하게 해준다.

이 나라의 전체 크기는 한반도 면적의 5분의 1 정도이고 유틀란트 반도와 500여개의 많은 섬으로 이루어진 나라다. 산이 별로 보이지 않으며 낙농업으로 유명하며 철강, 화학, 기계 공업으로 발달하여 1인당 국민소득이 5만 달러 이상 되는 부자나라이며 동시에 행복지수도 높은 나라이다.

제일 먼저 찾아간 곳은 시내에서 멀지않은 아말리엔보르(Amalienborg) 궁전. 이 나라 왕궁으로 아주 소박하고 화려하지 않고 평범한 궁전이었다.

여왕이 체제중이면 지붕에 국기가 걸리는데 현재는 국기가 걸려있지 않아 출타 중인 듯하다. 정오에는 근위병 교대식을 볼 수 있는데 우리는 오후에 도착하여 보지 못했다. 도심에서 조금 벗어난 바닷가 랑겔리니(Langelinie) 거리에 있는 인어공주 동상은 약간 빈약하여 실망스러웠지만 안데르센 동화의 인어공주를 실제로 만나는 기분이 들어 혼자 나름대로 상상의 나래를 펴면서 사진 몇 컷을 찍었다.

동화속의 인어공주는 홀로 연모하던 왕자님을 짝사랑하다 물거품이 되어버린 슬픈 전설을 품고 바닷가에 외로이 홀로 앉아 있는 모습은 애잔하기만 하다.

덴마크의 다양한 모습 중에는 거리에 자전거를 타고 다니는 사람들이 인상적이다.

짧은 미니스커트에 구두를 신고 쭉쭉 뻗은 다리로 달리는 모습은 한편의 예술이다.

덴마크 하면 제일 먼저 떠오르는 것이 어린이들에게 꿈을 실어다준 동화작가 안데르센이다. 우리는 다음날 안데르센의 고향 오덴세의 작은 마을을 방문하였다.

그가 어린 시절을 보냈던 장난감 같은 작은 집. 그 초라한 집에서 어린이들을 위한 불후의 명작 수많은 동화책들이 탄생하였다 하니 왠지 숙연해지며 존경스러워진다. 나의 어린 시절에 탐독하였던 동화책들. '인어공주' '성냥팔이 소녀' '미운 오리 새끼' 등 그가 지은 원본의 책들이 이곳 안데르센 박물관에 전시되어 있으니 감회가 새로워진다.

미운 오리새끼는 못생기고 구박받던 새끼오리가 아름다운 백조오리로 거듭나는 과정을 보여준다. 이 이야기는 덴마크의 작은 마을 오덴세에서 가난한 구두쟁이의 아들로 태어나 갖은 역경을 겪으며 세계적 동화작가가 된 안데르센 자신의 이야기이기도 하다. 그는 '미운 오리새끼' 뿐 아니라 모든 작품에 자기 자신을 온전히 쏟아 부었으니 작가의 이야기가 생생히 살아 있어 읽는 사람으로 하여금 매혹시킨다.

특히 안데르센의 자서전은 세계 5대 작가 자서전 중에 들어갈 정도로 유명하며 '내 인생은 멋지고 행복하다'로 시작하여 '모든 것이 행복하고 멋진 일로 가득하다'로 끝맺는다. 결국 내가 얻을 수 있었던 가장 크고 위대한 축복은 나 자신이었던 것이다. 나는 생애 처음으로 온 영혼을 바쳐 신에게 감사하며 이렇게 기도드렸다. '장차 시련의 날이 닥쳐올 때 제 곁을 떠나지 마시옵소서.' (안데르센 자서전 일부)

안데르센은 1805년 4월 2일 구두 수선공의 아들로 태어나 가난한 어린 시절을 이곳에서 보냈으며 평생 독신으로 여러 곳을 여행하며 그 과정에서 많은 영감을 얻어 여행기와 창작 동화 작가가 되었다.

북유럽 세 나라는 한때 하나의 왕국을 이룬 때가 있었다. 서로가 뺏고 뺏기고 독립하고 강한 나라가 약한 나라를 약탈하고 오랜 세월 굴곡의 역사 속에서 Viking 나라들이라는 악명을 들으며 버티어 왔다.

1914년 제1차 세계 대전 때 스웨덴, 노르웨이, 덴마크는 전쟁 불가침을 선언하고 중립을 고수하였다. 그리하여 오늘날 북유럽 국가들은 서로 긴밀히 협조하여 세계 최고의 선진국이며 복지 국가로 부러움 받는 나라가 되었다.

우리 일행은 덴마크의 첫날 관광을 마치고 호텔에서 여장을 풀고 휴식을 취하려 하였지만 밤 12시까지도 훤히 밝은 백야의 나라에서 일찍 잠자리에 들기는 쉽지 않았다. 말로만 듣고 환상 속에서만 상상하였던 백야의 첫날 밤.

약간의 감동과 설레임과 함께 백야의 밤을 청해본다.

북유럽에서 가장 아름다운 도시 스톡홀름

750년 역사를 지닌

세계에서 가장 아름다운 도시 중 하나

14개의 섬이 57개의 다리로 연결된

환상적인 도시

노벨상 수상 파티의 무도회장

찬란한 황금빛 방으로 수놓았다.

1,800만 개의 얇은 금박 모자이크

황홀한 내부

우리나라 문인들은 언제쯤?

저 영광의 무대에서 노벨 문학상을 받는

문학인이 나타날까? 기약 없는 미래를 소망한다.

바사 박물관이 있는 유르 고르덴 섬으로 이동한다.

영욕의 수난을 딛고 서로 뺏고 뺏는 바이킹의 후손들

서로가 발트 해를 장악하려는 전쟁의 역사

화려하고 장엄한 바사호의 운명은 단 하루뿐

스톡홀름 항구에서 첫 항해에 나서자

바로 침몰한 비운의 바사호

군함이 아니라 오묘한 조각 궁궐이다.

해마다 노벨상 수상식을 하는 나라. 매년 12월 10일 이면 TV에서만 보는 수상축하 기념식이 열리는 시청사로 먼저 갔다.

아침 10시 경인데도 시청사 주변은 많은 관광객들로 인파를 이루었다.

가이드가 30분마다 영어와 스웨덴어로 인솔하여 건물 안을 둘러보며 안내시켜 준다. 1911년에서 1923년까지 건축된 시청사의 블루홀에 먼저 들어가니 천장이 높고 무슨 광장에라도 온 듯한 느낌이 들 정도다. 큰 행사장인 이곳은 해마다 노벨 수상식과 축하연이 거행되며 매격주 월요일마다 노벨수상 파티의 무도회장으로 사용된다. 아직도 우리나라 문학인 중에 노벨 문학상을 탄분이 없다는 사실에 문인의 한 사람으로서 섭섭한 마음 금치 못한 채 시청사를 떠났다.

노벨문학상은 문인의 작품도 좋아야 하지만 그 작품을 여러 나라 언어로 번역 소개하여 발표하여야 된다는 원칙하에 국가적인 차원에서 홍보나 도움이 필요하지 않나 생각하고 있다.

바이킹이 활개 치던 발칸반도의 나라

북유럽 나라들은 나라마다 작은 섬으로 이루어진 독특한 지형으로 아름다운 자연과 잘 조화를 이루고 있다. 섬마다 그들 고유의 박물관과 미술관이 있는데 우리는 바사 박물관이 있는 유르고르덴 섬으로 이동하였다. 박물관 입구에 들어서는 순간 그 웅장한 크기와 규모에 놀라지 않을 수 없었다. 길이 69m의 큰 배가 건물 안에 전시되어 있다. 왕의 전함인 바사호는 세계에서 유일하게 보존된 17세기 선박으로 95% 이상이 원래 그대로인 원형 그 자체이다.

바이킹의 나라. 17세기는 스웨덴의 전성기로 발트해를 장악하기 위해서는 해군력이 중요하기 때문에 강력한 전함을 건설하던 시기였다.

바사왕가의 구스타브 2세 때인 1625년 길이 69m의 바사호가 만들어져 1628년 스톡홀름 항구에서 첫 항해에 나섰으나 바로 침몰하였다. 이 사고로 배에 승선하고 있던 150여 명 중 30여 명이 익사했는데 침몰 원인은 아직 정확하게 알려지지 않고 있다. 1956년 해양고고학자에 발견되어 1961년 인양되었다. 배가 아니라 거대한 조각품 같다. 7층으로 되어 있는 배 박물관 층마다 각기 다른 위치에서 배의 옆, 아래 모습을 자세히 볼 수 있는데 예술 조각품 같은 모습에 전함이 맞는지 의심스러웠지만 배의 맨 앞부분에 대포와 포탄이 함께 전시되어 있어 전함이라는 것을 알겠다. 스칸디나 박물관 중 가장 많은 관람객이 찾는 곳으로 일 년에 약 백만 명 이상 이곳을 방문한다고 한다.

다음날, 우리 일행은 스톡홀름 시내를 구경하기 위해 세르웰 광장을 중심으로 자유롭게 거리를 걸어 보았다. 이곳저곳 지도를 펴들고 지나가는 사람들에게 길을 물으며 가계에 진열된 물건들을 보면서 아이 쇼핑 하였다. 직접 그들 생활 속으로 파고 들어가 그들의 생활도 짐작하고 이 나라 역사도 보고 거리에서 펼쳐지는 축제도 보면서 그들의 문화도 맛보았다.

북유럽에서 최고의 복지국가 선두 주자는 스웨덴이다. 그들 나라들의 복지는 우리의 부러움을 사고 있으며 복지 형태는 나라마다 서로 다르지만 비슷한 복지 체제를 가지고 있다고 한다.

오후 4시에 핀란드로 가는 실자라인(Siljaline) 배를 타기 위해 부두로 갔다.

부두에는 많은 선박들이 있지만 유독 눈에 띄는 강철 같은 배 몇 척이 떠 있다. 가이드에게 무슨 배냐고 물으니 혹한 겨울에 바다마저 얼었을 때 얼음을 깨는 역할을 하는 배라고 한다. 우리가 타려고 하는 실자라인은 크루즈 와 비슷한 큰 규모의 배에 승선하니 또 다른 여행의 묘미를 맛보며 배 갑판 위에서 바라보는 스톡홀름 시가지의 모습은 참으로 아름다웠다.

배는 점점 멀어져 가는데 저 멀리 작고 예쁜 집들이 우리를 배웅하고 있는 듯하다. 배에서 제공하는 저녁 식사 뷔페는 성찬이었다.

식당 홀 전체가 천천히 돌아가면서 은은한 음악이 흐르는 낭만적인 저녁식사를 오랜만에 맛보았다. 배에서 제공하는 재미있는 오락 시설, 댄스파티 등 여러 가지 게임들을 각자 취향에 따라 조금씩 하다가 우리는 피곤에 지쳐 방으로 찾아 안온한 꿈나라로 갔다. 그동안 지친 강행군과 여독에는 몸도 조금씩 지쳐가는 듯하다.

꿈속같이 고요하고 강인한 나라 핀란드

실자라인 크루즈 타고 핀란드로 갔다.
고요와 낭만이 흐르는 잔잔한 바다
그 위로 배가 사뿐히 날아가듯 항해한다.
노을 진 저녁 바다 위로 그리움이 샘솟는다.
숲과 호수의 나라 18만개의 많고 많은 호수
신비스럽고 찬란한 빛의 잔치 오로라의 나라 핀란드

혹독한 기후 환경을 인내와 강인함으로 이겨내며
천혜의 자연을 모던한 예술혼으로 승화시킨 그들
시벨리우스 음악의 극치
혼으로 빚은 파이프 오르간
팀페리 아우키오 동굴교회
작품이 아니라 예술혼이 춤추고 있다.

아침 일찍 눈을 뜨니 우리는 이미 핀란드의 수도 헬싱키항에 입항
하고 있었다.

북구라파 편(핀란드)

시벨리우스 작품의 파이프 오르간

숲과 호수의 나라, 삼면이 바다에 둘러싸인 인구 50만 정도의 작고 알찬 나라다.

낮고 평평한 지형으로 국토의 70% 이상이 산림이고 10%가 18만 개의 호수로 이어져 있으며 국토의 4분의 1이 북극권에 위치한다.

스웨덴과 러시아의 지배에서 1917년 독립하여 지금은 세계 선진국의 반열에 오르고 있다.

1차 세계 대전 직전에 소련의 위협에 국가적인 생존을 걸고 소련과 두 차례에 걸친 전쟁을 하게 되었다. 전쟁 이후 국토의 재건을 위해 핀란드 정부는 서유럽 사이에서 중립을 내 걸어 오로지 경제 발전에만 힘을 쏟았다.

핀란드는 소련의 방해 공작 때문에 1994년까지 유럽 공동체에 가입하지도 못하다가 소련의 붕괴 이후 서방 진영에 접근하여 독립과 평화를 유지하고 있다.

100여 년이란 세월, 소련의 지배 하에서 아픈 고통과 치욕의 역사를 견디고 이겨낸 강인함에 경의를 표한다. 아픈 역사도 그 나라의 역사다.

우리나라와 비슷한 전쟁의 역사와 운명 속에서 살아남아 지금은 세계 상위권에 속하는 부강 국이 되었다.

핀란드의 첫인상은 우중충하고 음산한 날씨인데다 반갑지 않은 소낙비가 우비와 우산도 없이 배에서 내리는 우리를 맞이해 주었다.

비오는 가운데 일정대로 헬싱키 관광을 시작하였다. 시 북동쪽에 있는 시벨리우스 공원으로 갔다. 국민 음악가 시벨리우스를 위해 만들어진 작은 공원 안에는 국민들의 성금으로 만들어진 그의 조각상과 파이프 오르간을 연상시키는 조형물이 웅장하게 서 있다. 핀란드의 영웅이며 국민 음악가인 얀 시벨리우스가 작곡한 핀란디아는 핀란드인에게 용기를 주고 독립에 대한 열망을 일깨워주는 온 국민이 존경하는 음악가이다. 시벨리우스를 기념하기 위해 세워진 조형물은 거대한 기념물이 강철 24톤으로 만든 파이프 오르간 6,000개의 파이프는 마치 그의 음악을 시각적으로 보여주는 것 같은 효과를 내고 있다.

템 펠리 아우키오(Temppeliaukio Church)에 도착하니 교회의 앞모습이 마치 동굴의 입구 같아 교회 같지 않았다. 동굴처럼 벽은 울퉁불퉁 그대로이고 암반을 파내어 공간을 만든 후에 위에 지붕을 얹혀 만든 이곳은 교회라기보다 하나의 묘한 건축물과도 같다. 실제로 음향효과도 좋아 공연장으로도 이용 된다.

암석교회라는 별명으로 더 유명한 이곳은 투오모 수오마린이넨이라는 형제 건축가의 설계를 바탕으로 완공한 건축물이다. 여러 형태의 건축물을 보면서 척박한 기후 환경과 힘든 과거 역사에서 끈질기게 살아남은 핀란드인의 끈질긴 노력을 엿볼 수 있는 고귀한 예술 작품들이다.

춥고 어둡고 지겨울 만큼 긴 겨울에서 오는 우울증을 극복하기 위해 핀란드 사람들은 사람을 행복하게 만들어줄 인테리어 디자인을 연구 발달시켰다. 화려하면서도 모던하고 심플하면서도 질리지 않는 스칸디나비아 디자인은 오랜 인고 끝에 얻은 열매일 것이다. 자연 속에서 아기자기하게 가꾼 디자인 도시 다운 면모를 갖추고 있다.

실제로 핀란드 최북단에서는 여름에는 73일 동안 해가 지지 않고 겨울에는 51일 동안 해가 뜨지 않는다. 세계에서 가장 추운 고장에서 버텨내는 인내력과 핀란드인들의 예술적 감각이 잘 조화를 이뤄 현대 건축물을 새롭게 건축하였다.

우리가 갔을 때는 그곳 계절이 여름이라 겨울에만 볼 수 있는 오로라를 볼 수 없어 몹시 아쉬웠다. 핀란드 최북단 위도 상으로 북위 60도~80도의 지역에서만 나타나는 신비스러운 빛의 향연 오로라는 겨울철 북극 하늘에 빨강색, 초록색, 노랑색 빛이 출렁이며 황홀한 광경을 연출한다.

과학적으로 설명하자면 태양에서 방출하는 플라스마의 일부가 대기로 진입하면서 공기분자와 반응하여 빛을 내는 현상이다.

오로라는 '새벽'이라는 뜻의 라틴어로 로마신화에 등장하는 여명의 신 아우로라의 이름을 딴 것이다.

스칸디나비아 반도 3개국을 마지막으로 헬싱키를 떠나 육로 버스를 이용하여 러시아 제2의 수도 상트페테르부르크로 떠난다.

"내가 여행을 끊임없이 좋아하는 이유는
어떤 곳에 가서라도 여긴 별루다가 아니라
여긴 이런 게 좋다라고
작은 것에라도 감동할 수 있기 때문이다."

북극의 베니스 상트페테르부르크

(note) 소련 편을 읽기 전 독자들에게 사실대로 알리려 한다.

우리가 여행했던 1990년대 초는 소련이 공산권에서 붕괴된 직후 한국과 소련이 국교 정상화를 막 이룬 직후였다. 우리나라에서도 차관을 제공할 정도로 큰 대국이 경제 사정이 좋지 않았던 시기였다.

가는 곳마다 헐벗고 굶주린 사람들이 배고픔에 구걸하고 다니고 도시는 폐허처럼 허물어져 있었다. 아마도 호랑이 담배 피우던 시절 같은 옛 일이지만 사실이다.

20여 년이 지난 근래에 소련을 방문한 분들의 관점에서 볼 때 많은 격세지감을 느낄 것이다.

필자가 그때에 기행문을 사실대로 쓰는 것은 공산주의란 얼마나 허구이며 무서운 사상과 이념 때문에 국가 경제와 민생을 도탄에 빠뜨리며 비참한가를 조금이나마 알리고 싶기 때문이다.

그 후 많은 세월이 지난 후, 그 나라의 지도자들이 자유경제를 도입하고 또한 세계 제2의 석유 생산국의 반열에 올라 부흥한 국가로서 세계를 향하여 호령하고 있다.

참으로 이념이 무엇인가를 터득하여 준 값진 경험이고 여행이었다. 물론 소련은 찬란한 역사를 간직한 강국이다. 넓고 넓은 국토에서 나오는 석유와 무궁무진한 가스와 자원들, 가는 곳마다 어마어마한 유적지, 크렘린 궁 안의 많은 사원들, 세계 3대에 들어가는 에르미타즈 박물관, 이 모든 역사 유물들이 대국의 반열에 오르게 하는 보고일 것이다.

멀고도 멀었던 철의 장막의 나라
우리에게 가까이 다가온다.
이념의 쇠사슬을 풀기가
그리도 오랜 세월 걸렸는지?
북극의 백야 네바 강변에
오로라 물결위로
백조가 날개를 피고 노닌다.
러시아의 베니스 상트페테르부르크
표트르 대제의 야망과 권력이 함께 한 도시
세계 3대 박물관 중 하나 에르미타스 박물관
러시아의 대 문호 도스토예프스키가
거닐었던 네바 강변을 거닐어 본다.
빛으로 가득한 성 이삭 성당
미사 중인 성당 안에 들어가
조용히 성호 긋고 합장하였다.

소련 여행사에서 헬싱키로 보내온 낡은 버스를 타고 털털 거리며 흙먼지를 뒤집어쓰고 비포장도로를 10시간 가까이 걸쳐 상트 페테르부르크까지 가는 길고 험난한 여정이었다. 구 공산권 시절에는 레닌그라드라고도 불렀던 우리에게는 조금 이색적인 곳. 인상도 험악하고 무뚝뚝한 소련 기사가 가이드 없이 혼자서 차를 몰고 간다.

길 양옆으로 자작나무 숲의 군락을 이루고 있으며 오래전 이들의 전성기에 가차(개인적인 여름별장)도 틈틈이 보였지만 거의 낡고 퇴색한 집들이 그런대로 볼만 하였다.

한참을 가다가 핀란드와 소련의 국경선에 도착하였다. 소련 세관원들이 우리들의 여권과 지갑을 점검하다 보니 우리 일행 중에 한 기업인이 미국 돈($)을 많이 가지고 있어 욕심이 났는지 우리들을 쉽게 통과시켜주지 않고 길옆에 한참을 세워두었다.

자작나무 숲이 울창한 심심산골에 말도 통하지 않고 모두들 한숨만 쉬고 있었다.

결국 남자 어르신들이 의논하여 각자 얼마씩 거둬 그들에게 주면서 손짓 발짓 하면서 가게 해 달라고 애원하여 결국 출발하였다. 참으로 어처구니없던 옛날 일이고 너무 무지에서 시작한 소련 여행이라 뉘우쳐진다.

물론 잠깐 쉴 수 있는 휴게소도 없었지만 일행들이 볼일은 보아야 할 텐데 무뚝뚝한 소련기사는 우리들의 사정은 생각지도 않고 달리기만 한다.

한참을 달리다 보니 모두들 생리작용에 참을 수 없어 발을 동동 구르고 있었다.

제일 힘든 내가 기사도를 발휘하여 기사에게 가서 손짓 몸짓 해 가며 차를 잠깐 세워 달라고 애원하였다. 무뚝뚝한 기사가 슬그머니 미소 지으며 알았다는 신호를 하더니 어느 산비탈에 차를 세워 주면서 산위 나무 뒤에서 일을 보라고 소련 말로 뭐라고 하는 것 같았다. 모두들 쏜살같이 산위로 뛰어 올라가 일을 보고 살 것 같다고 하면서 밥은 굶어도 생리작용만은 못 참겠다고 농담 반 진담 반으로 한바탕 웃고 나니 이 해프닝도 다 추억거리가 되어 지금 글을 쓰고 있다.

우리나라 1950년대 중반 시골 마을과 비슷한 비포장도로를 달려 밤 10시경 상트페테르부르크에 도착하여 예약해 놓은 호텔에 여장을 풀어 놓으니 안도의 한숨이 저절로 났다.

마침 백야의 북극 밤하늘은 낮과도 같아 그 시간에도 도시는 훤한 대낮 같았다. 다음날 우리 일행은 본격적으로 도시 관광에 나섰다.

러시아 대륙의 서쪽 끝인 상트페테르부르크 북위 60도, 여름에는 백야가 밤마다 낮과도 같은 이곳은 과연 러시아의 베니스이다. 1703년 로마노프 왕조를 중흥시키고 러시아를 서구화하기 위해 표트르 대제가 세운 도시이다.

유럽에 가까운 핀란드 만의 네바강 하구의 7개 섬을 정지하여 바로크 양식의 유럽풍으로 세운 이 도시는 도시 전체가 거대한 문화유산이다.

1712년 모스크바에서 수도를 천도함으로써 새로운 수도가 되었던 도시이다.

시 발상지인 페트로 파볼로 포스코 성곽은 바다로부터의 외침을 막기 위해 건설된 요새였다. 네바강 항구에는 러·일 전쟁에 참여했다는 순양함 오로라호가 정박하고 있으며 이 배는 1917년 러시아 혁명 때 혁명을 지지하는 첫 포성을 울렸던 군함이라고 한다. 이 도시 서쪽 30㎞ 지점, 발트해에 접해 있는 여름궁전으로 갔다.

표트르 대제가 1714년 스웨덴과의 북방 전쟁에서 승리를 기념하기 위해 세웠다고 하는 이 궁전은 건물 20여 채가 발트해가 내려다보는 곳에 세웠으며 64개의 조각품에게서 분수가 쏟아져 나오며 오색찬연한 무지개를 피어 올리고 있다.

여름 궁전은 제정 러시아의 군주가 얼마나 호화로운 생활을 했는지 단적으로 느낄 수 있는 현장이었다. 북방의 베니스라고 하는 이곳은 화창한 여름의 백야와 함께 어우러진 북유럽의 진주라고 할 만한 아름다운 도시였다.

하지만, 공산주의 몰락 이후 황폐하여진 이 나라는 특별히 경제적으로 제일 힘든 시기에 우리가 관광 왔기에 더욱 안타깝고 처참하였다. 거리에는 아기를 업은 여인네들이 배고프다고 구걸을 하고 관광지마다 외국인들에게 돈을 요구하는 걸인들이 많았다.

공산국가들의 말로가 너무도 비참한 현실을 보면서 이념과 사상이 무엇인지 개탄하지 않을 수 없었다.

한때는 세계를 향해 큰 소리 치면서 한 시대를 풍미하던 공산주의 나라 소련, 다 함께 똑같이 잘 살자던 모순된 진리의 사상도 영욕과 흥망성쇠의 운명을 다한 채 무대만 남아 화려했던 지난날을 상기시켜 주고만 있었다.

우리를 안내하던 한국유학생의 설명 또한 귀담아 듣지 않을 수 없다. 지금 이 나라는 공산국 몰락 직후이기에 경제 사정이 좋지 않지만 곧 자본주의 국가로 전환되면 크게 발전할 것이라고 한다. 러시아는 세계 2위의 산유국인데다 천연가스 매장량은 세계 제1위이다. 넓은 국토와 엄청난 지하자원이 머지않아 세계의 경제 강국으로 부상할 것이라는 예감이 든다.

우리는 다시 세계 3대 박물관의 하나인 에르미타스 박물관을 관람하였다. 그 내부시설은 프랑스의 루브르 박물관에 버금갈 정도로 호화롭고 미술품과 소장품들도 다양하고 방대하였다. 전시실 1,050개는 전시품 250만 점으로 1분에 1점 보아도 5년이 소요된다는 것이다. 그 많은 미술품의 유명 작가들 중에는 레오나르도 다빈치 라파엘로 미켈란젤로 루벤스 렘브란트 세잔 고호 피카소 같은 거장들의 작품들이 많이 소장하고 있다. 이 박물관은 과연 대국의 풍모를 지니고 있는 거인의 모습이 분명했으며 화려했던 제정 러시아 시절의 유산을 고스란히 보존되어 있음에 감탄하였다.

상트페테르부르크는 러시아의 유럽 관문이며 표트르 대제의 이상과 집념이 서린 북구의 베니스다. 약간의 신비함과 꿈같은 이 고장에서 나는 잠시 글 쓴 작가로 돌아가 아름다운 네바강의 황홀한 풍광에 젖어 보았다.

러시아의 대문호 도스토예프스키는 카라마조프의 형제 죄와 벌 백치 악령들의 명작들을 이곳에서 썼으니 실로 유서 깊은 도시의 한

가운데서 그가 거닐었던 네바 강변을 거닐어 보면서 석양의 붉은 노을을 감상하며 감회에 젖어본다.

　지금은 역사의 거센 풍랑과 이념으로 파란만장한 격동의 세월을 보내고 허술하게 남아 있는 이 아름다운 도시를 뒤로하고 우리는 모스크바로 가는 밤기차를 타려고 중앙역으로 향하였다.

멀고도 멀기만 하였던 철의 장막 모스크바

모스크바 밤기차를 타고 여행할 생각하니 조금 염려스러웠지만 의외로 포근한 침대 열차를 배정받아 편안히 쉬면서 자고 갈 수 있었다.

새벽잠에서 깨어나니 광활한 평원을 기적소리도 요란하게 달리고 있었다.

멀리 지평선에서 뜨는 태양을 바라보며 자연의 오묘한 풍광에 황홀하였다. 차창 밖으로 스쳐지나가는 강과 호수와 산하가 파노라마처럼 시시각각으로 펼쳐지는 시베리아 대 평원은 참으로 신비롭고 아름다웠다.

새벽 일찍 모스크바 중앙역에 도착하니 의외로 번화하고 러시아 제1수도다운 활기 띠고 생동감 넘치는 그곳 시민들의 모습을 볼 수 있었다.

오래전 크렘린 궁 하면 왠지 무시무시하고 철의 장막 속에서 사람이 살 수 없는 듯한 고정된 관념 속에서 살아 왔었다. 소련 붕괴 후 우리나라와 국교정상화도 하고 차관도 제공하고 양국 간에 화해무드도 조성하면서 서로 왕래가 시작되었다.

북구라파 편(모스크바)

크레믈린 궁 내에 있는 이삭 성당

세계에서 가장 큰 종

버스가 도심을 지나고 레닌 언덕을 지나 크렘린 궁으로 가면서 많은 생각이 떠오르고 있었다. 오래전 한국의 6·25사변이 일어났던 원인 중에 소련의 도움으로 북한이 남한을 침공하였으며 어린 시절 그 참혹하였던 기억이 되살아나는 순간이다. 과연 국제 사회에는 영원한 적도 영원한 우방도 존재하지 않는다는 현실을 실감하게 하여 주는 값진 교훈이다.

모스크바는 12세기 중엽 유리돌고르키에 의해 세워진 인구 900만의 러시아 정치, 경제, 문화의 중심지이다. 크렘린 성벽 동쪽에 있는 붉은 광장으로 갔다.

이 광장은 국가의 중요 행사를 치르는 국가의 상직적인 장소다.

광장의 서쪽 성벽 쪽에 있는 화강암으로 된 묘에는 방부 처리되어 유리 상자 속에 레닌의 시신이 안치되어 있다. 광장의 동편에 있는 국영 궁 백화점은 없는 물건이 없을 정도로 진열된 상품들 또한 최고급 명품들만 진열되어 있었다.

당시 그 나라 경제가 좋지 않은 상태인데도 고관대작들은 부귀영화를 누리고 사는 듯하였다.

광장 남단에 있는 둥근 양파 모양의 성 바실리 사원은 꿈의 궁전처럼 아름답고 화려하였다. 이 사원은 너무 아름다워 다시는 이 사원을 짓지 못하도록 두 건축가의 눈을 뽑아 버렸다는 실화도 있었다.

이 나라 역사와 문화를 고스란히 담은 붉은 광장은 1990년에 유네스코 문화유산으로 등재하였다. 모스크바의 크렘린 궁전과 붉은 광장을 보면서 역사는 단순히 흘러간 옛날이 아니라 계속 진행되고 있음을 알려주는 것 같다.

순수한 자연과 청량감이 넘치는 북구라파

P.S. (에필로그)

그로부터 10여년 후, 전 세계 문인들이 모이는 문학대회가 그곳에서 열려 다시 가보게 될 기회가 생겼다. 그 시절보다 엄청나게 발전하고 여유로워진 모습에 과연 세계적인 산유국이고 천연가스 매장량이 어마어마하다는 것을 실감하게 하여 주었다. 이번에는 모스크바 강의 유람선도 타보았다. 유람선이 황금색 양파지붕으로 즐비한 크렘린의 아름다운 궁전 옆을 지나갈 때는 모두가 탄성을 지른다. 거리에 지나가는 여성들의 모습도 그들 특유의 늘씬함과 아름다운 미를 뽐내며 걸어 다닌다. 지난날, 초라하였던 모스크바 여인들의 애잔하였던 모습은 흘러간 옛날의 잊을 수 없는 모습으로 다가온다.

이미 삼성과 LG는 PDP, LCD TV 등 가전제품 분야에서 일본을 제치고 러시아의 상권을 거의 장악하고 있었다. 모스크바 여러 큰 빌딩 위에 설치되어 있는 네온 싸인 광고판들. 자랑스러운 우리나라 대기업들 삼성, 현대, LG 등 러시아 대륙의 심장부를 장악하고 있는 모습에 크게 놀라고 흐뭇하였다.

러시아는 자원부국이다. 대한민국의 저력을 힘껏 발휘하여 국익을 위하고 대도를 향해 러시아와 함께 손잡고 나아가길 기대해 본다.

신비스러움을 느끼게 하는
피요르의 나라 노르웨이

동화 속 환상의 도시 오슬로에 왔다

은은한 향기 가득한 고즈넉한

밤 도시를 하염없이 거닐어본다

이 나라의 역사를 말해 주는 뭉크 미술관

해적들이 활개 쳤다는 바이킹 박물관

못된 선조도 조상이라고 말해주는 그들의 역사

212점의 조각들이 제각각 뽐내며 전시된

조각공원 프로그네그

121명의 남녀가 서로 뒤엉켜

무엇을 향한 몸부림인지?

위로 위로 기어오르는 조각 탑 모놀리텐

송네피요르에서 배타고

시원한 물줄기 헤치며 역사와 전통을 지닌 도시

베르겐으로 향한다.

북구라파 편(노르웨이)

피요르드 선상에서

오솔로 조각공원 내 모놀리텐

세계적인 음악가 그리그 동상 앞에서

동화작가 입센 동상 앞에서

모스크바 공항을 떠나 비행기는 스칸디나비아 나라들 구름 위를 사뿐히 날아 노르웨이 오슬로 공항에 도착하였다. 더 이상 갈 수 없다는 No Way라는 말에서 유래되었다는 노르웨이. 믿거나 말거나, 바이킹의 전설과 굴곡의 역사가 고스란히 품고 있는 노르웨이, 이번 여행의 마지막 종착지에 내리니 왠지 감회가 서리며 날씨는 선선한 가을 날씨 같았다. 우리를 마중 나온 가이드는 늠름하고 잘 생긴 현지 교민인데 이상하게 말투가 귀에 거슬리는 북한 사투리가 심한 가이드였다.

차가 한참을 시내로 달리는 중 마침 내 옆에 앉았기에 실례되지 않게 공손하게 물었더니 북한에서 왔다고 스스럼없이 말한다. 그 시절만 해도 북한 사람이나 탈북자들을 만난다는 것은 상상도 못할 시절이라 약간 놀랐지만 표정관리를 모두들 잘 하였다. 시내 중심지에 있는 고풍스러운 호텔에 여장을 풀고 개인적으로 시내구경을 나갔다. 예쁘고 자그마한 북극의 한 나라의 수도 오슬로 밤늦은 시간이라 상점들은 거의 문 닫고 조용한 거리에는 관광객들만 조금 눈에 뜨인다.

항구 쪽으로 걸어가니 항구에 요트와 개인 보트가 빽빽하게 정박해 있다. 노르웨이 인구 중 5~6명당 1대 정도로 보트 보유율이 높다. 이들이 해양 레저를 즐긴다는 것은 그만큼 경제력이 뒷받침한다는 의미이다.

다음날부터 가이드와 함께 2박 3일간의 노르웨이 관광을 하는데 약간 기대도 되고 조금은 흥미로웠다. 하지만 우리들의 우려를 깨고 너무도 성실히 노르웨이에 대하여 문화, 역사, 정치, 경제에 대하여 박식하게 설명을 하여 주었다. 자기 과거에 대하여는 묻지도 말하지도 않지만 유학생 아니면 주재원 정도의 지식인인 것 같았으며 영어 어학실력도 유창하였다.

덴마크와 스웨덴의 지배 하에서 가난했던 노르웨이는 1905년 독립을 이루어 경제성장을 하던 중 1960년대 유전을 발견하는 행운이 겹쳐 지금은 국민 소득이 세계에서 상위권에 속하는 부유한 나라가 되었다. 북유럽 여행의 핵심은 자연 경관인데 그 중에서도 노르웨이가 으뜸이다. 빙하기에 스칸디나비아 반도는 빙하로 뒤덮여 있었으며 빙하의 퇴적작용에 의해 지형이 만들어지고 빙하가 녹아 그 자태를 드러냈다.

노르웨이의 아름다운 자연은 바로 이 빙하가 만들어 낸 작품이다.

우리는 제일 먼저 푸레그네르 공원(Fregne Park 비겔란 조각 공원)으로 갔다. 노르웨이 출신 세계적인 조각가 비겔란이 시의 후원으로 1915년부터 시작하여 만든 조각공원에는 212점의 조각이 있다. 가장 인상적인 조각품은 모노리텐(Monolittan) 17.3m의 거대한 화강암 기둥에 121명의 남녀가 서로 뒤엉켜 무엇을 향한 몸부림인지 위로 위로 기어 올라가는 작품. 바라만 보고 있어도 환상적인 조각상이다. 모노리텐은 세계에서 제일 큰 조각이라고 하며 조각가 3명이 14년에 걸쳐 완성한 작품이라고 한다. 각 작품마다 뜻이 있고 사연이 있는 듯한데 비겔란은 자신의 작품들 설명을 전혀 덧붙이지 않았다. 공원을 둘러보니 조각상들은 대부분 인간 삶의 여러 모습을 표현하고 있다.

번화가인 칼 요한스 거리를 지나 오슬로 대학이 나타나고 주변의 국립극장 옆에는 '인형의 집'으로 유명한 노르웨이의 극작가 입센의 조각상이 있다. 오슬로 도심 중에서도 가장 번화한 거리지만 지나다니는 사람들은 대부분 사치하지 않은 수수한 차림이다. 북유럽의 정치 사회는 공산 체제와 자유민주 체제 중간노선으로 빈부의 격차가 적다.

노르웨이 인기 관광지 송네피오르를 가는 도중 창밖을 내다보니 그림 같다. 산 밑에 맑은 기운에 쌓인 녹색의 목초지와 예쁜 집이 있는 전원 풍경마을 선착장이 있는 구두방언에 도착하니 많은 관광객들이 페리를 기다리고 있었다.

송네피오르는 깎아지른 산 사이를 깊숙이 파고들어간 세계에서 가장 긴 204m 협만이다. 피오르를 깊숙이 파고들어가자 그 아름다운 자연과 빙하가 준 선물에 사람들은 탄성을 지르며 일제히 카메라를 꺼내들고 셔터를 눌러댄다.

페리에서 내려 베르겐으로 가는 도로는 터널이 계속 나타난다. 도로의 반은 터널로 만들어진 것 같으며 산이 많아 고속도로도 왕복 2차선으로 좁고 구불구불하여 안전 운행에 신경을 많이 써야 할 것 같다. 베르겐은 피오르로 둘러싸여 있어 피오르의 수도라고 불린다. 노르웨이는 서해안에 피오르가 발달되어 있는데 그 중 송네피오르는 가장 풍광이 빼어나고 유명하다.

순수한 자연과 청량감이 넘치는 북구라파

노르웨이 남서부 해안도시 베르겐 항구를 낀 마을로 병풍 같은 산이 우뚝하다. 산 중턱에서 정상까지 예쁘게 낮은 집들이 곳곳에 아늑히 자리했다.

저렇게 높은 곳까지 어떻게 올라갈까? 의문은 곧 풀린다. 도심을 내려다보는 풀리겐 산 정상까지 바위를 뚫고 철로를 놓았다. 가파른 사면 위를 케이블카 같은 열차 한 량이 미끄러지듯 오르내린다. 10분도 채 안되어 전망대에 올랐다.

시내가 한 눈에 들어오며 피오르 해안이 먼 바다에 펼쳐진다.

지금은 오슬로에 자리를 내주고 제2의 도시가 됐지만 11세기부터 200여 년간 이곳은 노르웨이 왕국의 수도였다.

세계사 시간에 배운 중세 유럽 상인연합회 한자동맹의 주요 거점이자 무역항이다.

우리는 반나절이면 거의 다 둘러볼 수 있는 예쁘고 서정적인 도시 베르겐을 부지런히 비 맞으며 구경하였다. 선창가 냄새를 짙게 풍기는 베르겐의 어시장은 우리나라의 보통 항구도시와 비슷한 인상을 주어서 나와 같은 여행객들에게 짙은 향수를 풍기는 고장이다. 비도 너무 억세게 와 옷이 다 젖고 뛰어다니다시피 하면서 어시장과 스트랑 가텐 거리에 있는 한자동맹 건물 등을 구경하였다.

북유럽의 여름은 말이 여름이지 쌀쌀하여 한국의 늦가을쯤으로 생각하면 된다.

남편과 함께 그곳에서 스웨터를 구입하여 입으니 춥지 않아 견딜 만 하였다. 노르웨이의 유명한 작곡가 그리그의 생가가 가까운 산언덕에 있어 찾아갔다.

1843년 베르겐에서 태어난 그리그는 1907년 생을 마감할 때까지 유럽 연주 여행을 할 때를 빼고는 이 그림 같은 집에서 사랑하는 아내와 함께 작곡만 하면서 행복하게 살다 갔다. 집안에는 그와 관련된 물품들이 전시되어 있었으며 약 200명가량 들어갈 수 있는 콘서트홀도 있어 그리그의 음악을 매주 월요일마다 연주회가 열린다. 정원을 지나 한쪽 구석 해안가가 바라보이는 1평 정도의 오두막 작업실에는 생존에 그가 작업하던 도구가 놓여 있다.

콘서트홀 옆에 그의 자그마한 동상이 서 있고 해안가 쪽으로 내려가니 그리그 부부가 함께 묻힌 영원한 유택이 편안하게 자리 잡고 있다. 행복한 생을 살다간 그리그 유택을 뒤로하고 내려오는데 내 귀에는 그윽한 솔베이지의 노래가 더 감미롭게 들려오는 듯하다.

베르겐에서 비행기로 덴마크의 코펜하겐 공항에 다시 와서 그동안 북유럽의 긴 여정을 마치고 다시 오겠다는 기약도 없이 귀국길에 올랐다.

비행기에 오르니 그동안의 피로가 한꺼번에 몰려왔지만 눈 감으면 어른거리는 회상의 나래가 나를 잠들지 못하게 한다. 바닷가에 외로이 애잔하게 앉아있는 인어공주의 모습, 바이킹의 나라 스웨덴의 아름답고 황홀하였던 거리, 낭만이 흐르는 핀란드의 거리와 공원, 깔끔한 항구도시 오슬로의 추억, 자연과 피요르드와 잘 조화를 이루어

승화시킨 무공해 나라 노르웨이, 꿈같은 스칸디나비아 여러 나라들 여행이 내 머리를 계속 맴돈다.

  멀고도 먼 곳 같았던 러시아 크렘린 궁의 양파 모양의 예술의 극치 인 바사 사원, 지나고 나면 이 값지고 귀한 추억들을 글로 남겨둔다 는 것은 나에게 크나큰 보물이기에 지금 이 글을 쓰고 있다.

1992. 6.

Chapter 5

세상은 아름다웠다
Our beautiful world

한국전 참전비

부차스 가든

캐나다 로키산맥을 넘는 국토횡단

캐나다 로키산맥 횡단과 콜롬비아 아이스 필드 여행은 우리 부부의 대 도전이었다. 획일적이고 틀에 박힌 일반 투어보다는 시간제한 없고 좀 더 자유로운 가운데 많이 보며 탐험해 보려는 모험심으로 밴쿠버 공항에 내리니 가을의 스산한 비가 주룩 주룩 내려 피로에 지친 여행객의 마음을 스산하게 하여 주고 있었다. 곧바로 택시를 타고 예약해 두었던 호텔로 가니 시내 중심가에 위치해 있어 편리하고 안심이 되었다.

따끈한 커피를 주문해 피로를 푼 후 앞으로 3일간 밴쿠버에서의 여행 일정을 남편과 상의해 보았다. 그 다음날 근처에 있는 여행사로가 3일간의 일정을 꼼꼼히 검토하고 예약해 놓은 후, 제일 먼저 시티투어부터 시작하였다.

오래전에 한번 와 보았지만 밴쿠버는 너무 아름답고 깨끗한 관광도시로 세계인의 사랑받는 곳으로 으뜸이다. 지금은 우리나라 교포들이 많이 살고 있어 어느 유명 관광지마다 여기저기서 한국말들이 들려온다.

전날에 몹시도 내렸던 비는 싹 개이고 맑고 상쾌한 이국의 가을 날씨를 맞이하며 빅토리아 섬으로 향하는 선상에서 아침 해를 맞이하였다.

콜롬비아 주도 빅토리아 시는 과거 영국의 지배를 오래 받았던 영향으로 도시 전체가 영국풍이 물씬 풍기는 캐나다의 또 다른 영국 도시이다.

빅토리아 시에서 차로 20분간 거리의 서남방 방향에 그 이름도 유명한 부차스 가든으로 향하였다.

오래전 폐광이었던 땅을 개간하여 수많은 꽃과 세계 각국의 모형을 담은 정원으로 가꾸어 놓은 부차스 부부의 노고에 감탄을 맞이한다. 아무 쓸모없이 버려진 땅을 오직 노력 하나로 이루어 환상적인 꽃동산을 만들어 온 세계인들을 불러 모은 그들 부부는 진정 인간 승리자인 것이다.

다음날부터 캐나다 부르더스 버스를 타고 로키산맥 국토 횡단의 대장정이 시작되었다. 캐나디언 로키의 하늘을 떠받치듯 솟구치는 산군과 에메랄드 호수, 태고의 신비를 간직한 빙하가 만들어내는 대자연의 파노라마는 미지의 상상과 흥분을 기대해 본다.

밴쿠버에서 밴프까지 가는 로키산맥의 국토 횡단을 하며 차장 밖으로 스쳐지나가는 기암절벽과 질 좋은 재목감들이 푸른 바다를 이루어 놓은 듯하다. 조물주가 어찌하여 이리도 신비로운 대자연을 창조하였을까?

수억만 년 전에 바다 속에 묻혀 있던 로키가 우주의 대 변화이동으로 늠름한 로키산맥으로 솟아났다는 우주 만물의 신비가 나를 감동시킨다.

머리를 들어 위를 올려다보면 봉우리마다 하얀 지붕을 덮어놓은 듯한 만년설 들이 산 아래 여름을 비웃듯이 지키고 있으며 기암절벽 바위틈 사이사이로 무수한 폭포수들이 하얀 선을 그리며 힘차게 쏟아낸다.

울창한 나무사이로 보이는 호수의 물빛은 나의 혼을 빼앗을 정도로 영롱했다.

야생화가 흐드러지게 핀 언덕 저 편에 만년 설산 봉우리가 병풍처럼 펼쳐져 있어 선계의 구름을 밟고 걷는 듯했다.

마치 온 세상을 향하여 '나는 건재 하다' '나는 살아 있소' 하는 로키의 외침을 듣는 듯하다. 저녁노을이 로키 산속에 붉게 물들 즈음 우리 일행을 태운 부르더스 버스 기사는 더 전진하지 않고 산속의 아담한 정겨운 산장에 우리들을 하룻밤 쉬게 내려놓았다.

이름 모를 새들이 우리들을 반기며 지저귀고 산속의 상큼한 풀내음 향기가 진동하는 산장의 하룻밤을 평생 잊지 못할 낭만적인 추억으로 간직하고 싶었다.

일행 중 남자 한 분이 아마 전직이 개그맨이었는지 산장에 있는 각 국 나라 손님들을 온 몸으로 손짓 발짓 해 가면서 웃겨 주어 우리들은 밤이 깊어가는 줄 모르고 즐거운 시간을 보냈다.

다음날 우리를 실은 버스는 다시 로키 산속으로 깊숙이 신나게 달려갔다. 그 나라 버스 기사들은 과연 프로의 경지에 있는 노련한 실력들이다. 손으로는 운전하며 입으로는 관광 가이드 역할을 충분히 해내고 있었다.

깊은 골짜기를 뚫고 길을 만든 93번 하이웨이를 따라 가도 가도 끝이 없는 국토 횡단. 스쳐지나가는 곳마다 수많은 기암괴석과 봉우리들은 마치 로키의 돌산 병풍을 세워놓은 듯하였으며 산꼭대기에서 쏟아 붓는 폭포수 소리는 마치 로키의 장엄한 교향곡을 연주해 내는 듯하였다.

한참 산속을 달리는 듯하더니 어느 새 시야가 탁 트이며 유명한 루이스 호수에 왔다. 넓은 호수에 마치 잉크 물을 풀어놓은 듯한 비취색 호수! 바로 그 위로 만년설이 어우러진 하얀 로키산맥 일부가 딱 버티고 루이스 호수를 받쳐주고 있다. 정말 환상 그 자체. 너무 아름다워 탄성을 지르고 싶다.

유네스코 지정 세계 10대 절경 중 하나인 레이크 호수. 너무 아름다워 그야말로 내 숨을 멎게 한다.

우리는 일정에 쫓겨 사진 몇 장 찍고 오래도록 머물고 싶은 아쉬움을 남기고 밴프로 향하였다.

산속을 누비며 차가 주행하다 보니 무리가 갔는지 차가 쿵쾅거리더니 결국 고장이 나고 말았다. 다행히 산 속 조그마한 마을에 멈추어서 차에서 하차한 후 우리 일행은 어찌할 바를 모르고 있었다. 운전기사가 회사에 연락한 후 대체 버스가 오기까지 약 4시간이 걸린다고 일러준다.

무인고도 같은 로키 산속 마을에서 미아가 된 기분으로 멍하니 서 있으려니 갑자기 한 무리의 연예인단이 그곳 공회당으로 들어가고 있었다.

그리고 우리 일행을 모두 그곳으로 초청하여 특별민속공연을 보여준다고 한다.

알고 보니 우리 일행이 기다림에 무료할까봐 버스회사 사장님이 특별 배려해준 것이라고 사회자가 아나운서 해주며 즐거운 시간이 되기를 바란다고 한다.

대체 버스가 도착하여 우리는 밤늦게 밴프 로얄 호텔에 도착하니 버스회사 직원 몇 사람이 대기하고 있다가 우리에게 일일이 미안하다고 악수를 청하며 호텔 식당에서 최고의 저녁식사를 대접해 주었다.

손님을 왕처럼 모시는 이 나라 버스회사 운영방침과 기업들의 경영철학에 놀라움을 금치 못하였다. 약 한 달 후 버스회사에서 "여행 중 불편을 드려 죄송하다"는 정중한 편지를 집으로 송달까지 해주는 세심한 배려는 세계적 수준이다.

밴프 로얄 호텔에서의 아침 이변

긴 버스여행의 피로가 쌓여 우리는 호텔 데스크에 Morning Call 부탁을 잊어버리고 또 시계 바늘을 돌려놓는 시차도 맞추어 놓지 않은 실수를 저지르고 잠들어 버렸다. 아침에 일어나 호텔 로비에 내려가 보니 조용했다. 일행 아무도 보이지 않기에 데스크에 문의하니 벌써 모두 출발하였다고 한다.

이번 여행의 마지막 코스이며 제일 가고 싶었던 '콜롬비아 아이스 필드'였다.

우리는 급히 서둘러 택시를 타고 밴프 버스 터미널로가 버스회사 주임을 찾아 상황설명을 하며 시차에서 온 실수로 시계바늘을 맞추어 놓지 않아 버스를 놓쳤으니 도와 달라고 사정을 하였다.

버스회사 직원은 쾌히 도와주겠다고 하며 밴프 로얄 호텔에서 손님을 싣고 떠난 버스에 연락하여 지금 이곳에 손님 두 분이 버스를 놓쳤으니 모시고 갈 텐데 어느 휴게소 지점에서 만나자고 자기네 폰으로 연락했다. 우리를 차에 태우고 떠나며 차가 고속도로에 진입 후 속력을 내면서 우리는 쫓아가고 한편 그 버스에는 천천히 가라고 지시하며 휴게소에서 약 30분 후 우리 일행과 반갑게 만나게 되었다. 그 나라 버스 운행 시스템은 도시마다 연결되어 그 지점에 손님을 모셔다 주면 그 다음 일정은 손님들이 알아서 시간 맞추어 타면 그 뿐, 일일이 체크하지 않는다. 우리를 태운 버스는 꿍꿍거리며 아이스 필드를 향해 힘겹게 보우고개를 넘어가고 있었다. 차가 정상에 있는 콜롬비아 아이스 필드에 도착하니 온 천지가 얼음으로 덮여있는 빙하의 세상이다.

콜롬비아 아이스 필드는 정말 장관이었다.

버스에 있었던 우리 일행은 모두가 "oh, my god!" 하면서 여기저기서 탄성과 감탄의 소리가 흘러 나왔다.

눈 위로 달리는 스노모빌로 갈아탄 후 안내양이 함께 올라타 아이스 필드를 한 바퀴 돌면서 그곳에 대한 설명을 해 주었다.

얼음 두께가 100미터가 넘으며 간혹 얼음이 벌어진 곳이 있으니 그 위를 걸을 때 주의해야 한다는 설명과 함께 그곳은 기후 변화가 변덕스러워서 해가 떴는가 하면 갑자기 앞이 안보일 정도로 눈발이 쏟아지고 깊고 깊은 설국에 와 있는 으스스한 공포감마저 들었다.

모두가 감동적인 풍광을 음미한 후 밴프로 돌아오는 길에서는 긴 피로에 지쳐 조용히 잠이든 듯하였다. 산속에 푹 잠긴 듯한 아늑한 온천고장 밴프에서 하룻밤 더 푹 쉬고 다음날 캐나다의 마지막 일정인 캘거리로 와서 7박 8일간의 캐나다 여행의 마침표를 찍으며 귀국길에 올랐다.

우리가 살아가는 인생 여정에서 여행만큼 의미 있고 값진 일도 드물다고 생각된다.

여행을 통해서 삶의 활력소를 찾고 다른 나라의 문화와 생활풍습을 구경하고 새로운 체험을 접할 수 있는 소중한 인생 경험이다.

철저한 직업정신으로 우리에게 도움과 친절을 베푼 이름 모를 그 버스 기사에게 감사한다.

캐나다 여행에서 느낀 점은 아름다운 자연풍광은 말할 것도 없지만, 그 나라 버스 기사들의 서비스 정신은 선진국으로 도약하는 우리나라가 반드시 본받아야 할 숙제인 것으로 여겨진다.

여행이란! 진정 삶의 일부이며, 꿈이며, 추억이다.

세월은 가도 추억은 영원히 남듯이!

2002. 9.

뉴질랜드의 파란별들

파란 바다 위에 점점이 떠 있는 하얀 돛단배! 에덴 동산위에서 바라보는 오크랜드 항만은 과연 그림의 한 폭이다.

자연과 인간이 어울리어 하모니를 이루는 뉴질랜드의 산하는 아름다운 남태평양의 낙원이다. 우리나라와는 정 반대의 계절이기에 초겨울에 서울을 떠났는데 오크랜드(Auckland) 날씨는 초여름에 접어드는 날씨였다.

뉴질랜드 총 인구의 3분의 1이 모여 사는(인구 120만 명) 이곳은 이 나라 최고의 상업도시답게 무척이나 활기차 보였다. 오크랜드 City Tour는 돌아오는 마지막 날 계획표에 있기에 우리 일행은 곧바로 중형 버스에 올라타 뉴질랜드 서남쪽 로터루아로 향했다. 이 나라 최고의 관광도시로 마오리 원주민들의 초기 생활 터전인 전통문화가 가장 잘 보전되어 있었다.

수증기가 곳곳에서 뿜어져 나와 화산활동이 왕성한 뉴질랜드 최고의 온천 지대이다. 이곳에서 과거 원주민들의 생활사를 한눈에 볼 수 있는 민속촌이며 와카레와 간헐천 지대에서 30m 높이로 솟구치는 포호트 간헐천의 장관을 볼 수 있었다.

다음날은 이 나라 산업의 원동력이며 효자산업인 양떼들의 목장에서 양털 깎기 쇼 등을 비롯해 개들의 양떼몰이 시범도 흥미진진하게 보았다.

끝이 보이지 않는 광활하고 넓은 초원에서 한가하게 노니는 수많은 양떼들의 모습을 바라보며 이 나라 국민들의 근면성과 순박함이 가슴에 와 닿았다.

스쳐지나가는 차창너머로 멀리 보이는 산과 들, 융단을 깔아놓은 듯한 푸른 초원에서 자유롭게 노니는 양떼들의 모습은 정녕 동화의 나라에 온 듯한 착각이 들기도 하였다. 험한 산을 갈고 갈아 푸른 초원을 만들기까지 저절로 되는 것이 아니고 뉴질랜드인들의 피땀 어린 노력의 결과가 오늘날 세계적인 낙농산업을 일으킨 것이다.

세계 8대 불가사의 중 하나로 동굴에서 서식하는 개똥벌레가 있는 와이토모 동굴로 이동하였다. 먼저 종유등이 있는 광장을 둘러본 후 동굴 속으로 보트를 타고 개똥벌레가 집단으로 서식하는 동굴 깊숙이 들어갔다.

영롱한 빛은 마치 밤하늘의 은하수를 보는듯한 착각 속에 참으로 신비스러웠다.

북 섬 관광을 마친 후 남 섬으로 가기위해 다시 오크랜드로 돌아와서 비행기를 타고 남 섬의 제일 큰 도시 크라이스트처치(Christchurch)에 밤늦게 도착하였다. 옛날 잉글랜드 지방의 정착민들과 선교사들이 제일 먼저 이곳에 와서 정착하였기에 가장 영국적인 인상을 주는 아늑한 도시이다. 중 · 고등학생들은 머리에 헬멧을 쓰고 자전거로 거의가 통학을 하고 있었다. 시내 중심을 흐르는 에이번강 헤글리 공원 웅장한 고딕성당 등, 조용하고 차분한 종교적인 도시이다. 또한 남극 탐험의 전초기지로 이용하는 남 섬의 관문이다.

다음날 뉴질랜드의 알프스라 불리는 최고봉인 마운트 쿡(Mt Cook)으로 향하는 도중 비가 하루 종일 내리고 일기가 좋지 않아 일 년 내내 만년설이 있는 설경을 볼 수 없었다. 비 내리는 설산을 뒤로하고 아름다운 꿈의 휴양도시 퀸스타운으로 향했다. 비취 색깔의 바다 같은 와키티부 호수를 가운데 두고 그림같이 아름다운 뉴질랜드 제일의 휴양 도시이다.

인구 3만 명밖에 안 되는 이 도시에 연간 300만 명의 관광객이 몰려드는 남 섬 최대의 관광 도시이며 스키 고장이다.

밀포드 사운드로 가는 길

밀포드 사운드는 남 섬의 남서부 해안에 발달한 피요르랜드의 빙하 침식으로 이루어진 날카로운 계곡과 깎아지른 절벽 등이 이어지는 뉴질랜드 최대의 국립공원으로 피요랜드 중에서 가장 대표적인 밀포드 사운드는 보웬폭포 라이언산 등이 있다. 배를 타고 선상위에서 바라보는 보웬폭포 라이언 산 등에서 떨어지는 폭포수는 과연 장관을 이루었다.

신이 창조한 자연의 아름다움에 잘 조화된 신비스러움 앞에 우리 인간은 너무도 보잘 것 없음을 깨달았다. 밀포드 사운드 피요리드를 가로지르는 라이언산 정상에서 떨어지는 장엄한 폭포 소리는 자연의 거대한 소나타의 환타지를 연상시켜 줬다.

Milford Sound와 Queenstown 직선거리는 200㎞도 안 되는데 자연을 훼손하지 않고 아끼고 보존하는 뉴질랜드 국가 산림정책 때문에 길을 만들지 않아 먼 길을 돌고 돌아 600㎞ 달려 밤늦게 Queentown 숙소로 돌아왔다.

자연을 무엇보다 소중히 여기며 관리하는 이 나라 산림정책에 감명 받은 이번 여행의 가장 소중한 수확이었다.

숙소에서 잠시 휴식을 취한 후 어둠이 짙어진 퀸스타운의 밤하늘을 응시하러 산책을 나왔다. 검게 푸른 밤하늘에 별이 하나 둘씩 나타나기 시작하더니 온 하늘이 별로 뒤덮인다. 공해 없는 이곳의 밤하늘은 환상 그 자체다.

저렇게 또렷하게 반짝이는 별을 보는 것은 얼마만인가? 하늘을 길게 가로 지르는 은하수는 신비를 간직한 듯! 또는 꿈을 꾸는 듯하다.

귀국 비행기를 타기 위해 북 섬인 오크랜드로 가려고 다시 크라이스트처치로 가는 도중 카라와우강에서 번지점프를 구경하였다.

요즈음은 번지점프가 그다지 신기하지 않지만 10여 년 전에는 너무도 스릴 있는 묘한 스포츠였다. 번지점프는 수십 미터 높이에서 떨어지는 뉴질랜드에서 발달한 레저스포츠다. 약 40m 높이에 있는 다리 위에서 뛰어내리는 것으로 뛰어내리기 전에 발목에 타월을 감고 그 위에 하네스와 고무벨트를 단단히 묶는다.

번지점프는 위험이 따르므로 절대 무리해서도 아니 되며 보는 사람으로 하여금 아슬아슬한 스릴의 느낌을 준다.

밤늦게 오크랜드에 도착하여 다음날 귀국길에 오른 비행기 안에서 뉴질랜드 여행이 아련한 꿈속에 잠길 듯 말듯 하다.

여행이란! 우리 삶의 활력소이며 인간이 추구하는 꿈의 행로이다.

미지의 세계로 나그네 길을 나서고 언젠가 돌아갈 곳이 있는 나의 집, 본향이 있음은 나그네 길을 더한층 의미 있게 만든다는 생각을 한다.

오키나와의 추억

　오키나와 말만 들어도 그리움과 설레임이 함께 하는 정겨운 이름이다.

　오래전부터 한번 또 가보려고 마음먹었던 동양의 하와이, 추억이 어른대는 그곳으로 떠나기로 하였다.

　오키나와란 일본열도의 가장 남쪽에 자리 잡은 이색 지대다. 현대적이고 세련된 본토의 일본 모습과는 달리 자연과 에메랄드의 바다로 둘러있고 아열대 특유의 생동감이 넘쳐나는 지상의 낙원이다. 대한항공에서 떠나는 전세기 비행기로 오키나와행에 몸을 실었다. 여행을 떠난다는 흥분으로 아침부터 서둘렀던 탓에 약간의 피로감이 온몸을 엄습하였지만 상공위에서 내려다보는 코발트색의 남지나해가 나를 옛 추억 속으로 이끌고 간다.

　50여 년 전 내가 유학을 마치고 돌아올 때도 미 수송선 배를 이용하였다. 몇 년 동안의 미국생활에서 좀 더 익숙해졌고 언어도 잘 통하다 보니 배 안에서 많은 미국사람들과 친하게 지낼 수 있었다. 대부분의 탑승객이 일본 요코하마로 발령받아 가는 미 해군과 그 가족이었는데 한국 사람은 공부를 마치고 돌아가는 유학생 4명과 의사 4명이었다.

밤마다 파티 빙고게임 미국 바둑이라는 체스터, 각자 나름대로 취미에 어울리어 낭만의 항해 생활을 즐기고 있었다. 약 3주간의 항해 끝에 이윽고 요코하마 항구가 멀리 보이기 시작하였다. 바다만 보면서 생활하다가 눈앞에 펼쳐진 항구도시 요코하마를 보니 별천지 같았다. 배는 천천히 항구로 진입하였다.

그런데 이게 웬일인가? 백여 명의 미 해군 군악대가 팡파르를 울리며 우리 수송선의 미 해군들을 환영하는 환영 행사가 요란하게 시작되고 있었다. 더 놀란 것은 하얀 제복에 보무도 당당하게 꽃다발을 받으며 내려가는 사령관이 내가 아는 아저씨가 아닌가?

배 안에서 동고동락 하며 게임도 같이 하고 춤도 같이 추던 허름한 티셔츠를 입고 있던 초로의 아저씨, 마음 좋은 바로 그분이었다. 물론 전날 나에게 "Myoung 한국에 잘 돌아가 항상 행복하라고." Good By 악수도 하였지만 자기가 Commander(사령관)이라고 내색은 조금도 비치지 않았다.

물론 배 안에서의 군사 기밀 관계로 계급은 불문율로 하고 있었지만 너무도 놀라고 멋있었던 그분의 장도를 마음속으로 빌었다.

배는 3일간 요코하마에 머물고 있었기에 우리 일행은 2차 대전 후 덜 복구된 요코하마에서 전철을 타고 멀지 않은 수도 동경도 구경할 수 있었다.

비행기는 남지나해 상공 위를 날고 있다. 2시간이면 착륙한다는 기장의 멘트와 함께 서서히 하강하기 시작하였다. 공항 청사 밖으로 나오니 후끈한 남극의 열기가 우리를 뜨겁게 포옹해 준다. 버스를 타고 호텔로 가는 도중 나하시를 거쳐 갈 때까지 조금이나마 옛 모습을 찾아보려 해도 찾아볼 수가 없었다.

내가 그곳에 갔었던 50여 년 전에는 전쟁의 폐허가 그대로 복구되지 않았던 때다. 2차 세계 대전 전투에서 나하시는 쑥대밭이 되었으며 시의 모습은 흔적조차 없었다. 보이는 것은 시뻘건 황토빛의 산하뿐이었던 전쟁의 가장 큰 피해 지역 이었다. 차는 계속 달린다. 다시금 오키나와의 추억을 회상하며 아련한 기억 속에 담아 두었던 옛일들이 되살아난다.

요코하마에서 미군과 그 가족들이 다 내린 후 우리 한국 사람들과 승무원들만 탄 미 수송선은 배 수리를 하기 위해 오키나와 기지로 향했다. 우리 일행은 자의든 타의든 꼼짝없이 오키나와에서 3일간 머무를 수밖에 없었다. 8월의 찌는 듯한 남극의 열기도 젊은 우리들에게는 아랑곳 하지 않고 이 기회다 싶어 신나게도 오키나와 구경을 하며 돌아다녔다.

하루 저녁은 모두가 배안에서의 양식에 지겨워서 이곳 유명한 모리소바 국수집 식당에 저녁을 먹으러 갔었다. 그곳에서 이곳 공군기지에 비행훈련 교육을 받으러 한국에서 온 장교 조종사 두 분을 만났다. 오랜만에 한국 사람을 만나니 너무 반가워 우리 일행과 함께 합석을 하여 밤새껏 고국 이야기의 꽃을 피웠다.

마침 그 다음날은 주말이기에 그분들이 오키나와 해안가 주변과

경치 좋은 명소들을 구경시켜 주셨던 고마움은 오랜 세월 잊지 못하였다.

그 당시 가족과 떨어져 외롭게 지내시며 우리나라 국방을 지키시려 열심히 신기술 훈련을 연마하시던 성실하신 장교님들은 지금쯤 어디 계시며 무얼 하고 계신지?

혹시 그동안에 연락이 되어 주소라도 알 수 있었으면 안부 엽서라도 이곳에서 보내드렸으련만!

그 당시 어린 여학생이었던 호명자는 지금 황혼의 길목에서 고희를 넘어 오키나와로 관광 왔노라고……

그렇게 맛있게 먹었던 메밀국수집은 오간데 없고 수없이 걸어 다녔던 폐허의 거리는 오키나와 시민들의 노력으로 기적의 1마일거리를 건설하여 국제거리라는 이름을 붙였다고, 성도 이름도 기억나지 않는 그때에 만났던 고마운 장교님에게 멋진 글을 써 허공에 날려 보내고 싶다.

오키나와는 450여 년 전에 독자적인 문화와 예술을 꽃피워 온 해양국 류큐 왕국이다. 중국을 비롯한 일본, 조선, 동남아시아 여러 나라들과 외교 통상을 활발히 하였던 남지나해의 알찬 나라였다. 하지만 세계를 집어 삼키려는 일본국에 의해 식민지화 되었다가 결국 일본의 속국이 되어버린 비운의 나라다.

나하시의 중심에 있는 슈리성은 왕국의 정치 거점이 되었으며 류큐 전체에 퍼진 신앙과 오키나와 문화와 역사를 오늘에 전하고 미래에 계승해 가는 정신적인 문화유산이다.

관광 첫날은 오키나와 북부로 이동하여 이곳 국립해양 박물관으로 갔다.

오래 전에 이곳에도 고속도로가 생겨 잘 뚫린 해안가의 고속도로를 달리며 저 멀리 보이는 에메랄드 비취와 새하얀 모래사장과 새파란 바다의 콘트라스가 환상적인 일품이다. 오묘한 자연이 이 나라 사람들에게 선물한 큰 축복이기에 세계에서 제일가는 장수마을이 되었다.

정해진 시간에 맞추어 돌고래 쇼를 하기에 먼저 쇼를 하는 장소로 가서 그들의 점프와 독특한 행동으로 관광객을 즐겁게 해 주는 돌고래 쇼를 볼 수 있었다.

다음 장소로 이동하여 세계에서 두 번째 로크며 기네스북에 등록된 츄라우미 수족관을 관람하였다. 세계 최초로 쥐가오리와 고래, 상어를 수용하고 있는 곳으로 산호초가 대량으로 물속에 있는 모습 등 다양하고 수많은 어종들의 볼거리가 가득 하였다. 길게 뻗은 섬에서 다시 남쪽으로 약 1시간 가면 누구나 감탄하는 세계적인 동남 식물원으로 이동하였다. 12만평의 드넓은 부지에 동남아와 남미에서 수입한 열대식물 2,000여종을 키우고 있다.

저녁에는 류큐 요리와 류큐 민속 쇼를 볼 수 있는 특별 이벤트를 제공하기에 나하 시내로 들어가는데 시내는 이미 불야성을 이루고 있었다.

다음날 2차 세계 대전 때 미군과 일본군의 마지막 격전지가 되었던 슬픈 역사를 간직한 마부이 언덕에 세워진 평화 기원 공원으로 갔다. 한쪽 구석에 초라하게 있는 한국인 전몰자를 모신 위령탑 앞에서 가슴이 쩡한 울분을 참을 수가 없었다.

수많은 한국인들이 일본국의 총알받이로 희생되어 잠든 위령탑 옆에는 어마어마하게 지어놓은 자기들만의 전쟁박물관이 위풍당당하게 세워져 있었다.

오히려 그들이 일으킨 전쟁의 당위성을 주장이라도 하려는 듯.

한국인 위령탑 옆에 새겨진 우리나라 태극기 동판과 그 옆에 고 박정희 대통령 의 휘호, 그 옆에 고 이은상 시인의 애절한 시 앞에서 우리는 엄숙히 묵념을 올렸다.

무덤 앞에는 커다란 화살표가 있는데 그것이 무덤의 위치를 가리키는 게 아니고 한국이 있는 방향을 향한다고 한다. 억울하고 외로운 영령들이 이 화살표를 따라 고국으로 고향으로 돌아오기를 바라면서 마부이 언덕을 내려왔다.

2007. 9. 30.

별빛 흐르는 북해도北海島의 낭만

日本 열도에서도 가장 북쪽에 위치한 북해도는 웅장한 자연과 눈의 고장이다. 아시아 지역이면서도 북유럽 스타일의 낭만적인 풍경이 펼쳐지는 세계이다. 춥고 척박한 쓸모없는 땅을 천혜의 관광지로 탈바꿈하게 만든 일본인들의 근면함과 노력에 경이로움을 느낀다.

더위가 시작되는 6월 하순, 북해도 관문인 하고다데 공항에 내리니 시원한 바닷바람이 우리를 반갑게 맞이해 주었다.

하고다데의 첫인상은 북유럽의 오슬로항을 연상시키는 깨끗하고 아름다운 항구도시이다. 100여 년 전 쇄국정책을 쓰던 본토 일본과는 달리 처음으로 외국문화를 받아들여 러시아 영사관이 들어왔고 항구 쪽으로 서양식 건물들이 아직도 이곳저곳에 많이 보존되어 있었다.

에도시대 말기에 서양세력에 맞서기 위해 7년간 축조된 최초의 서양식 성곽이며 서양식 건축양식을 받아들여 지은 2층 목조건물인 하고다데 구 공회당은 그곳 중요한 무형문화재로 지정되어 있다.

저녁 식사 후 로푸웨이를 타고 산 정상에 올라가 불빛 찬란한 시내 야경을 감상하니 마치 신선이 되어 유람하는 듯한 느낌이었으며 도시 가운데로 하고다데만이 두 갈래로 갈라져 그림 같은 항구도시가 아름다운 야경을 연출하고 있다.

다음 날은 북해도 끝자락에 있는 홋카이도 최대의 관광지인 도오야 호수 구경을 떠났다. 멀리 산 정상에서 화산 활동이 계속되며 연기를 뿜어대는 산들을 보니 마치 지옥의 계곡을 지나가는 느낌이 들었다. 사방팔방이 43㎞나 되는 웅장한 호수다. 호수라기보다는 작은 바다에 가까운 한 가운데 또 다른 4개의 섬들이 있으며 그 중 하나의 섬에서는 아직도 무시무시한 연기와 유황냄새가 나고 있어 우리가 탄 유람선이 가까이 갈 수가 없었다.

이곳이 20세기 초 화산 활동이 거듭되면서 침몰되어 생긴 호수라고 하며 코발트블루 호수의 아름다움은 자연의 충만된 신비 그 자체다.

호수 중앙의 무인도 오시마 초입에는 신목이라는 이름을 가진 한 뿌리 두 그루의 아름드리 계수나무가 비련의 전설을 안은 채 서로를 포개고 있었다. 500년 전 도쿠가와 이에야스시절 전쟁에서 다리 하나를 잃고 고향으로 돌아온 사내는 죽었다는 거짓말 소문을 퍼트렸다. 사랑하는 연인이 자기를 잊고 몸 성한 남자를 만나 결혼하라는 배려였다. 하지만 여자는 떠난 연인을 잊지 못해 호수 속으로 몸을 던졌다. 밤낮으로 울던 사내가 여인의 뒤를 따라 몸을 던져 죽은 애련의 호수다.

마을 사람들이 건져 올린 것은 시신이 아니라 가락지 한 쌍이었다. 사람들은 섬 초입에 그 가락지를 묻었다.

500년 뒤 섬 위에서 서로를 껴안은 채 계수나무로 솟아났다. 이 애잔하고 서글픈 전설이 깃든 나무를 향해 우리는 기념사진 몇 장을 찍고 유람선에 올랐다.

우리는 도야호수를 뒤로 하고 약 1시간 달려 노보리벳츠 입구에 도착하니 온천의 고장답게 유황 냄새가 물씬 풍기며 수많은 호텔과 모텔에서 뿜어져 나오는 온천증기에 온 마을이 희뿌연 안개에 젖어 있었다.

사방이 산으로 둘러싸여 있는 아늑한 온천마을, 너무도 정겨운 이 마을에서 모든 세상사 다 잊고 온천만 하면서 오래도록 머물고 싶은 충동이 일었다.

길거리에는 유가다(일본 잠옷)를 그냥 입은 채 거리를 활보하는 일본 관광객들이 무척 이채로우며 그들과 함께 남편과 나도 이국에서의 멋진 밤을 낭만에 한껏 취해 보았으며 오래도록 기억에 남을 소중한 추억의 밤이었다.

해마다 갖가지 눈 조각품 축제가 열리는 눈의 도시 삿포로를 향해 노보리 벳츠 호텔을 출발하였다. 고속도로를 달리며 차창 밖으로 들어오는 시야에는 늘 푸른 산야에 무궁무진한 산림들이 하늘을 찌를 듯 빽빽하다. 가이드의 설명에 일본 전국의 나무를 다 팔면 일본 인구가 40년은 먹고 살 수 있다고 한다.

일본에서 5번째로 큰 도시 삿포로. 인구 180만 명의 너무 깔끔한 계획도시 이곳은 시내 중심가를 제외한 이면도로는 옛것을 보존하기 위해 세월에 풍화된 목조건물들이 대부분이었지만 그런데도 칙칙한 낡음이 아닌 왠지 가을 햇살 같은 정갈한 분위기가 느껴지고 있다.

북해도는 볼거리도 많고 청정지역으로 관광자원이 풍부한 고장이 었지만 그런 것은 나에게 큰 의미는 아니었다. 무엇보다 이번 여행에서 나를 감동시킨 것은 우리가 타고 다닌 버스의 관광회사 사장님이었다.

처음 이틀간 우리를 운전해준 기사가 집안에 일이 있어 대신 나와 가이드 해 주시며 손수 운전해 주신 분이 바로 그 회사 사장님이었다. 점잖은 노신사가 일일이 손님들의 짐을 날라주고 허리 굽혀 인사하는 서비스 정신은 진정 프로 일등급이었다.

과연 일본의 저력이 여기에 있구나! 하는 생각이 들었다. 그것은 그들이 살아가고 있는 진실한 모습이 아니었을까?

국민 개개인의 근면함이 있기에 아시아권에서 최강국이며 세계로 도약하는 대 일본을 꿈꾸고 있구나!

물론 일본은 내가 개인적으로 가장 싫어하는 나라다. 그러나 그들에게서 배울 것은 배우고 칭찬해 줄 것은 칭찬해 주어야 하겠다.

돌아오는 귀국길 무언가 형언할 수 없는 잔잔한 감동이 내 마음을 물결치고 있었다.

2004. 5.

* 이 책이 나오기까지 수고하신 분들께 감사드립니다

역자譯者 김희정 Hee Chung Kim

번역작가, 학술저널 번역
University of Michigan,
    Mass Communications, B.A., M.A. 수료
American Translators Asssociation 회원

서양화가 박은경 Eunkyung Park

- 개인전
  2016.9 아름다운기억속으로 (서울 마포갤러리)
- 다수 단체전
  2015 Vision 꿈과사랑 (서울 갤러리가이아)
  2014 Good Life전 (인하대병원갤러리)
  2012 화우전 (서울 경인미술관)

호명자 에세이집
황혼의 여정

초판인쇄 · 2016년 11월 10일
초판발행 · 2016년 11월 21일

지은이 | 호명자
펴낸이 | 서영애
펴낸곳 | 대양미디어

출판등록 2004년 11월 제 2-4058호
04559 서울시 중구 퇴계로45길 22-6(일호빌딩) 602호
전화 | (02)2276-0078
팩스 | (02)2267-7888

ISBN 979-11-6072-000-6 03810
값 15,000원

＊지은이와 협의에 의해 인지는 생략합니다.
＊잘못된 책은 교환해 드립니다.

이 도서의 국립중앙도서관 출판예정도서목록(CIP)은 서지정보유통지원시스템 홈페이지
(http://seoji.nl.go.kr)와 국가자료공동목록시스템(http://www.nl.go.kr/kolisnet)에서
이용하실 수 있습니다.(CIP제어번호 : CIP2016026529)